Claudio Nembrini

Fine dell'amore

Marsilio

ISBN 88-317-6431-4

FINE DELL'AMORE

ricordando Sybille, Petra, Franco

L'autore ringrazia la Pro Helvetia per il sostegno a questa fatica letteraria.

«...Forse però verrà il tempo che le cose torneranno a cambiare. Almeno così spero...»

Robert Walser

1.

Aspettò un'altra ora, ma si propose di resistere. Camminò avanti e indietro per la stanza, si fermò, riprese a camminare. Si fermò di nuovo e accese la radio, ma la musica non riuscì a distrarlo. Accese una sigaretta, quasi subito una seconda, la incenerì con la stessa rapidità della prima. La lancetta dell'orologio sembrava immobile, inchiodata allo stesso punto. Pensò di uscire, di infilarsi nella macchina, di farsi ingoiare dal traffico. Ma le gambe non lo portarono oltre la porta d'ingresso. La telefonata avrebbe potuto arrivare mentre era fuori; in fondo la speranza non era definitivamente tramontata. Tornò indietro, preparò un caffè, ingoiò il fumo di un'altra sigaretta. La lancetta sembrava frenata come le gambe che si rifiutavano di condurlo fuori. Guardò dalla finestra; neppure il paesaggio che lo affascinava a ogni ora del giorno riusciva a distrarlo: tutto sembrava scorrere davanti ai suoi occhi con perfetta indifferenza.

La memoria lo riportava ai tempi felici, quando le cose avvenivano per incanto, persino in eccesso: ora, nulla gli restava. La sua voce era diventata dura, sferzante. Si sentì solo. Senza più guardare l'orologio andò verso il telefono. Che cosa importava arrendersi all'ultimo soprassalto d'orgoglio? Rispose quasi subito «Chi è?» La salutò con involontario distacco, lei contraccambiò il saluto col tono di voce già mutato, più freddo. Restò senza parole. Fu lei a rompere il silenzio. «Che cosa vuoi?» gridò. Lui sentì spuntare l'angoscia, ebbe esatto il senso della sconfitta. Si lasciò invadere dalla disperazione e non gli importò più nulla di tutta l'umiliazione che quella frase conteneva. Con un filo di voce che sembrava sfuggito al tumulto che aveva dentro, riuscì a dire «o sei sorda o fai apposta» e prima che il suo sforzo si esaurisse, aggiunse «vuoi la mia disperazione.»

Dall'altro capo, udì di ritorno «che cosa hai detto?»

Il suo filo di voce ripeté ancora «vuoi la mia disperazione.»

«Smettila di fare la vittima, mi dai solo sui nervi»; la donna riappese il ricevitore.

2.

Si erano conosciuti tre anni prima, d'estate, lungo il fiume. Mentre passeggiava sull'argine, la mente ancora nei guai che gli aveva procurato il divorzio, gli giunsero dall'altra riva voci festose e il suono di una fisarmonica. Si fermò: aveva udito bene, di là dal fiume si cantava e si suonava, forse si ballava. Da tempo non sapeva più cosa volesse dire allegria: girava al largo dalle feste, ma ora ebbe una reazione diversa.

Abbandonò l'argine, scivolò sotto la fila di pioppi, tra i ciottoli, e si trovò con i piedi sull'orlo dell'acqua: per un istante sentì affiorare un brivido. Fece un passo indietro, appoggiò i piedi sopra un masso levigato, gustando il suo calore. Si chiedeva donde provenisse la musica, ma non vide né sentì nulla. Provò ad alzare lo sguardo oltre la riva, tra le ombre della boscaglia. Ma i bagnanti, distesi sui macigni o sugli spiazzi di sabbia, non avevano l'aria festaiola o di chi, da poco, avesse smesso di suonare e cantare. Pensò che forse altrove si stesse festeggiando e cantando, e un colpo di vento avesse mutato la direzione del suono, quando a lato del macigno una voce di donna lo sorprese. «Cerca qualcuno del gruppo?» Si chiese per un istante se la donna si fosse rivolta proprio a lui. «Hanno finito» riprese lei senza attendere, «si sono ritirati di là, forse hanno ripreso il sentiero verso il paese.» La osservò per la prima volta con attenzione. Era una ragazza alta, i capelli castani fin sulle spalle. La guardò meglio incrociando i suoi occhi chiari, verdastri. Gli sembrò bella. «Non cerco nessuno in particolare» rispose, «semplicemente passeggiavo e ho udito il suono di una fisarmonica...» «Il suono di una fisarmonica?» lo interruppe lei. «Il suono di una fisarmonica e grida festose, canti.» La ragazza sorrise «Sì, sì, erano grida e canti.»

Continuò a fissare il suo interlocutore sul masso, in alto, come una statua controluce.

«Così non cerca nessuno; lei è un'altra persona.»

– Un'altra persona? – si chiese e fissò la ragazza dall'alto del piedestallo, sforzandosi di ricambiare il sorriso. «Cercavo soltanto la musica, il suono della fisarmonica.»

«Gliel'ho detto, non c'è la musica, se n'è andata coi suonatori.»

«Sì, sarà così, sarà andata con loro, come dice lei»; e con un salto scese dal masso trovandosi davanti la ragazza in costume verde.

«Erano lì da stamattina» ricominciò lei senza scomporsi, indicando con la mano lo spiazzo dove si erano accampati i musicanti. «Erano una decina o qualcuno di meno. Forse sono stati assunti da qualche ritrovo, e hanno pensato bene di fare un salto al fiume, col caldo che fa.»

Poi la ragazza lo fissò con un rapido colpo d'occhio.

«Dunque lei non cerca nessuno, semplicemente insegue la musica.»

«Sì, è così, una volta tanto ho inseguito la musica e, come vede, l'ho fatto per niente.»

«Ama la musica allegra e la musica se ne va.»

«Anch'io amo la musica, ma non particolarmente quella allegra. Eppure la fisarmonica, la sua voce un po' malinconica, così all'aperto, a ondate, m'ha colpito.»

Dalla borsa da spiaggia della donna spuntava un libro; ne decifrò il titolo *Il valzer degli addii.*

«Kundera, siamo aggiornati» sorrise. «Non è la solita “leggerezza”.»

«Se è per questo, ho letto anche gli altri» ribatté la ragazza, «e la solita “leggerezza” è quello che mi piace di meno...»

«È vero, anche per me è così.»

Sapevano poche cose l'uno dell'altra, ma la musica e Kundera avevano avvicinato per un attimo le loro esistenze.

Quando lui, per primo, dopo averla aiutata a sgonfiare il materassino, s'incamminò verso l'argine, prima di sparire sotto i pioppi la salutò con un cenno della mano, prontamente ricambiato.

S'erano scambiati i rispettivi indirizzi.

Ci aveva pensato molto, ma alla fine decise per la festa. Lo invitò con un bigliettino dal quale era difficile decifrare la natura della serata, né si capiva chi fossero i festanti. Lui apprezzò e confermò la presenza. Arrivò puntuale, vestito per la circostanza. Fu lei in persona ad aprirgli; ringraziò per i fiori, sorrise. Per la prima volta, sentiva l'ebbrezza del suo profumo. L'appartamento non era molto vasto, ma ben arredato e addobbato per la circostanza. Dalla penombra appena rischiarata da lampade a stelo affiorarono altre quattro persone, due ragazze e due ragazzi.

«Non vi conoscete, ma siete tutti miei graditi ospiti. Brindiamo al nostro incontro e alla nostra amicizia.»

I calici tintinnarono nell'accostarsi. Subito dopo, lei fece le presentazioni, da ultimo indicò lui: ecco, disse agli altri ammiccando, questo è il nostro amante della musica e di Kundera.

La cena fu lunga, e nella semioscurità le voci, lentamente, si incrociavano e si studiavano. Solo alla fine la donna annunciò che uno dei presenti in quel momento compiva gli anni, ma non disse chi, e fece sì che fossero gli invitati a scoprirlo. Si brindò alla sua salute: nessun segno permetteva di scoprire il festeggiato, lei tornò alla carica, seminò indizi, li ritirò, finché il gioco ebbe momenti di ilarità: finalmente si credette di sapere chi compiva gli anni, ma era un falso allarme. Soltanto più avanti il «colpevole» fu costretto alla resa. Era il più giovane dei due ragazzi, e gli toccò aprire il ballo, invitando lei. Dallo stereo uscì la voce malinconica di una fisarmonica argentina. La coppia inedita si cimentò nel tango, e il ragazzo alto, con grazia insospettata, la impegnò nella danza. Lei si lasciava portare nelle zone d'ombra della sala, rilanciando il ritmo non appena il cavaliere accennava ad abbandonarsi: soltanto quando sfilò davanti a lui, sollevò leggermente lo sguardo, abbozzando un sorriso.

Al turno successivo si trovarono insieme: ballarono fino all'alba e il suo profumo discreto, mescolato alla malinconia della fisarmonica, gli scivolò nel cuore come non gli accadeva più dai tempi della scuola.

3.

Passò del tempo prima che si rivedessero. Lei non credeva che potesse accendersi così quell'energia misteriosa che aveva cercato invano per anni. Dopo inutili attese, e qualche incontro deludente, si era rassegnata all'idea che l'amore abitasse lontano. O, forse, era lei a non esserne capace. Ogni volta, si era scontrata con la legge dell'indifferenza, e la bellezza, trafitta dall'ossessione dello scacco, si era fatta impenetrabile. Non le veniva in soccorso l'ammirazione di molti: al contrario, finiva per irritarla e relegarla nella convinzione della sua incapacità a innamorarsi. O tutto crollava sotto la vampata che aveva scatenato quell'incontro fortuito?

Lui non credeva più all'amore: da quando aveva sentito allentarsi il legame con la moglie. Ma non si sentiva colpevole; e a fatica riusciva a scacciare l'idea che qualcosa gli giocasse contro fino a costringerlo alla sconfitta, che avanzava a piccoli passi.

– Dev'essere scritto – pensava quel giorno, passeggiando sull'argine del fiume, scivolando sotto i pioppi, attirato dal suono della fisarmonica, – dev'essere scritto da qualche parte. – E quando la donna dal costume verde lo vide in alto sul masso, e gli rivolse la parola, e fu sicuro che fosse diretta proprio a lui, il turbamento subentrò al brivido della gioia inattesa: qualcosa gli ricordò che la sua relazione precedente aveva avuto lo stesso avvio inesplicabile, e prima di infrangersi sembrava destinata a durare per sempre. Non era giusto cedere un'altra volta all'amore: del resto, nessun appuntamento preciso era stato fissato, anche se la notte del ballo li aveva fatti incontrare.

Quando si ritrovarono sotto i portici, e tutto sembrò per caso, era già autunno inoltrato, le foglie dei platani erano ingiallite, avevano perso la loro vitrea lucentezza, si staccavano, turbinavano. Gli alberi diventavano fantasmi pietrificati, con le braccia alzate sui tronchi nudi, neri. La vide subito, entrando nel locale, di spalle, vestita di verde.

Lei lo scorse nello specchio, si girò. Respirava il suo profumo, si sentiva turbato; la fissò negli occhi dominando la sensazione di guardarla con timore e di esserne scoperto.

La donna sembrava percepire il suo disagio, e di nuovo comunicarglielo. Ma durò un attimo. Poi, senza uscire dalla nicchia della riservatezza, gli appoggiò la mano sulla spalla, informandosi scherzosamente della vita trascorsa da quando si erano lasciati dopo la notte del ballo.

Aveva deciso di rimanere sulla difensiva, ma il timbro grave della voce si unì al profumo e calò dentro al suo corpo. Si lasciò invadere da quel vento misterioso, ebbe la sensazione esatta del suo scivolare nelle zone impervie del gioco amoroso, e provò di nuovo paura.

La fissò di nuovo negli occhi, senza più reticenze.

«Da quella notte è cambiato qualcosa in me» le rispose con voce ostentatamente neutra, e aggiunse con un'ombra di timidezza, «è come quando si scopre un nuovo continente.»

Lei sorrise: «Beve qualcosa il nostro navigatore?»

Uscirono nel pomeriggio autunnale conversando, si

abbracciarono alla prima folata di vento camminando stretti l'un l'altra.

Lei alzò il bavero fino all'altezza degli occhi, e la sua voce ebbe scoppi di risa; lui si lasciò portare dal suono delle sue parole, sentì il respiro ritmico, le folate di vento che conducevano lontano le frasi, spezzandole.

Camminavano senza una meta in mezzo ai luoghi frequentati negli anni. Ma tutto appariva diverso, una febbre misteriosa pareva averli magnetizzati: le case, i giardini, la lunga fila di pioppi che porta al fiume; la strada che usciva dal centro antico, a sud, aggirando la piazza del mercato, la vecchia rimessa degli autobus, fino alla Villa dei Cedri col suo parco immenso, dai grandi alberi secolari disposti a cerchio intorno alla palazzina, quasi a proteggerla.

Più in fondo, dove un tempo il ruscello d'acqua sorgiva scorreva tra i canneti, s'era formata una palude, e le canne s'erano spinte fino ai muretti di cinta, premevano contro la ringhiera corrosa dalla ruggine, che aveva iniziato la sua opera il giorno in cui l'anziana proprietaria aveva chiuso con la vita, e il suo feretro era stato calato accanto a quello del marito nella tomba di famiglia, come aveva scritto di proprio pugno, anni prima, sul testamento redatto alle prime avvisaglie del male, rifatto più volte nell'inutile speranza di semplificare la spartizione dei beni fra gli eredi, nipoti e pronipoti, in mancanza di figli, lasciando loro il meno possibile. Da allora le facevano visita ogni settimana, accompagnandola in insopportabili passeggiate nel parco, sorridendole accondiscendenti, augurandosi, mentre la guardavano, baciandola sulle guance glabre, che quella potesse essere finalmente l'ultima volta.

Ma la donna resisteva, e dalle lenti consumate dei suoi occhiali da presbite scrutava la dedizione affettuosa degli amati nipoti; ogni volta la trovava più commovente, più appassionata, più sincera, e stava al gioco con disinvoltura, ingoiando le amarezze della vecchiaia, ma ricambiandole di cuore nelle volontà testamentarie, rifatte di proprio pugno infinite volte, togliendo progressivamente ogni cosa.

4.

La villa rimase così chiusa per anni, con i sigilli alle porte, nell'interminabile attesa di una soluzione ereditaria. E a ogni stagione sembrava soccombere un poco sotto il peso del tempo, quasi a sparire, scrostata e ferita, nel ventre della boscaglia che le era cresciuta intorno fino a soffocarla.

Guardarono la villa in silenzio, rallentando il passo; si fermarono davanti al cancello. Lui provò a sospingerlo, senza successo: era bloccato alle estremità da una doppia catena.

Ritirò la mano, la osservò macchiata da scaglie di ruggine e di vernice corrosa, si accorse che lei lo stava fissando: «È chiuso da allora» affermò.

Lei annuì.

«La conoscevi la Signora della Villa dei Cedri?»

«L'ho intravista qualche volta d'estate, da ragazzo. La ricordo alta, austera, con un cappello a tre punte e la veletta spiovente. Avanzava a piccoli passi nel viale centrale, galleggiando sui piedi minuscoli, con il ventaglio in mano, ogni tanto si chinava, annusava i fiori, si rialzava, spariva dietro la siepe di lauro, ricompariva all'altezza della fontana, prima della piazzuola che porta alla scala dell'ingresso centrale. Lì si girava, guardava verso il cancello, controllava che fosse chiuso, si girava di nuovo, rientrava.»

Lei rise dolcemente.

«Te la ricordi bene.»

«Certo, era un personaggio misterioso, ci incuriosiva.»

«Sì, incuriosiva anche noi, ci affascinava. La conoscevano tutti nei dintorni, e forse anche altrove.»

«Sì, è così, se ne parlava a casa, quasi con timore. La Signora, si diceva, e più raramente, la Signora della Villa.»

«Non sei mai entrato?»

«No, non ci sono mai stato, non ne ho mai avuto l'occasione.»

«Io sì, ci sono entrata una volta con mio padre.»

«Sarà stata una giornata memorabile, immagino.»

«Sì. Venne ad aprire il cancello il povero Micca, il domestico, che ci fece strada lungo il viale. Camminava un po' curvo, già segnato dagli anni, aiutandosi col bastone. Mio padre lo seguiva a pochi passi, e io tenevo stretta la sua mano, me la ricordo bene, enorme, mi ci aggrappavo, mi facevo trascinare, un po' affascinata un po' intimorita dall'avvenimento. Superammo la fontana, la piazzuola, salimmo lo scalone d'ingresso fino all'atrio dal soffitto affrescato, sentivo il cuore in gola, Micca fece cenno a mio padre di aspettare, sparì sotto il portone, ricomparve dopo un po', "venite avanti" farfugliò, con la sua voce roca, inchinandosi leggermente, come usava da anni, da quando, ancora ragazzo, era entrato al servizio della Signora. "Andiamo" disse mio padre, sorridendomi, e di nuovo mi allungò la mano; l'afferrai, tornai ad aggrapparmi alle sue dita, mi rannicchiai fino a sparire dietro il suo corpo, sicché, quando la Signora comparve in fondo al salone, oltre il tavolo dei ricevimenti, vidi soltanto il pizzo ondeggiante della gonna scura e come appesi, rinchiusi nelle scarpe di vacchetta, sigillati dalla grande fibbia lucente dai riflessi d'argento, i minuscoli piedi. Mi ricordo la sua voce bassa, un po' afona: "Signor dottore, si accomodi nel salotto" mormorò allungando la mano a mio padre, e mio padre si liberò rapidamente dalla presa delle mie e strinse quella lunga e secca, inanellata della Signora. "È vostra figlia, la bella bambina?" risuonò la sua voce afona, e mentre mio padre assentiva, mi feci coraggio, uscii dal suo scudo, e vidi per intero, dal basso verso l'alto, solenne come un monumento, il corpo alto e magro, vestito di nero, della Signora della Villa dei Cedri.»

Lui rise ammirato.

«Sembra una fiaba.»

«Sì, una fiaba vera, uscita dalle pagine di un libro per incarnarsi davanti ai miei occhi.»

«Era medico tuo padre.»

«Sì, era medico, oculista» rispose la donna; il ricordo tornò a quel mattino, alla Signora con la mano ingioiellata che le faceva una carezza, mentre con l'altra apriva un cofanetto d'argento, estraendo alcuni confetti. «"Il papà starà qui un po' a chiacchierare con me" bisbigliò, "puoi andare a giocare fuori, ti divertirai di più." Mio padre fece cenni di assenso col capo, "fai come dice la Signora, ci vediamo tra un po'" e mi accompagnò in giardino, dove, dopo qualche reticenza, trovai nel povero Micca la guida delle mie incursioni nel mistero della Villa dei Cedri. Toccò a mio padre in persona venire a cercarmi: mi trovò sotto le arcate della vecchia scuderia, sul sedile sfasciato di un calesse d'epoca, dopo essere stata a lungo sprofondata tra i cuscini polverosi nel vicino landò, con le tendine di pizzo smangiate dalle cimici, e dove le due lanterne a carburo, che avevano sostituito quelle vecchie a candela, conservavano i vetri anneriti dal fumo, con le impronte della mano del cocchiere che le aveva aperte e chiuse infinite volte per accendervi e spegnervi la fiammella che illuminava le facce ammirate dei passeggeri.»

«L'infanzia» sospirò lui aspirando il suo profumo leggero.

Fiancheggiarono il muro di cinta, con la ringhiera fatiscente travolta dalle canne; lei sottovoce canterellò il ritornello di una vecchia canzone. Si fermarono davanti a un cancelletto di servizio seminascosto dalla siepe di lauro: non aveva chiusure particolari. La maniglia cigolò secca, ma al primo tentativo la serratura cedette, forse era stata dimenticata aperta. Lei ebbe un gesto di sorpresa.

«Qualcuno è già entrato prima di noi.»

La guardava in silenzio sentendo tutta la sua delusione: la Villa dei Cedri era stata profanata.

«Entriamo» le disse, e sospinse il cancelletto. Si levò un altro cigolio, ma il passaggio si aprì.

Avanzavano a fatica, indovinando il vecchio sentiero invaso dalle felci, a tratti sprofondando nel terreno fradicio; con le mani si fecero largo tra i ligustri, calpestarono rami di biancospino, spostando il tronco di una betulla schiantatasi tra le ortensie sotto il peso della neve in uno degli ultimi inverni; strisciarono tra i cespugli di lavanda, sgusciarono sotto la rete dei noccioli che si erano spinti oltre la barriera delle robinie, che divideva le corsie laterali dal viale centrale; sotto un groviglio di rose selvatiche intravidero la grande fontana con la vasca ottagonale vuota, invasa dalle ortiche, gli stucchi barocchi anneriti intorno alla fonte inaridita. Passarono oltre la grande fontana sommersa, inoltrandosi nella parte alta del parco, dove la Signora aveva fatto edificare il suo sogno: il giardino delle azalee. Ma le azalee erano state piantate in cima alle balze, a semicerchio intorno al piazzale rotondo davanti alla villa circondato dai cedri giganteschi. Vi si giungeva attraverso il vialone centrale, ricoperto da sottili lastre di granito delle valli: oppure, dai sentieri laterali, foderati di ciottoli, con le aiuole immaginate e volute da lei per accogliere i fiori secondo le stagioni: gli iris, le zinnie, le peonie, gli asfodeli, le dalie, le fucsie, le rose, i crisantemi; e intorno a esse, quasi a proteggerle verso l'esterno, le magnolie, le camelie, i rododendri, le serenelle. Superarono a fatica i resti di quella defunta sinfonia di fiori; infine, scivolati sotto la volta dei cedri, si fermarono davanti agli arbusti superstiti delle azalee, con i rami secchi aggrappati ai fusti malandati, che per decenni, sotto lo sguardo della Signora, avevano portato linfa ai fiori carnosi e odorosi annuncianti la bella stagione.

Sul lato sinistro la villa era assalita dall'edera cresciuta fino a occludere il doppio finestrone sotto l'arcata; sul destro, risparmiato dai rampicanti, appariva indifesa nella sua regale fatiscenza: i muri celesti slavati e persino scrostati, le persiane cadenti, la scalinata che portava all'atrio d'ingresso, con gli affreschi del soffitto a volta soffocato dalle ramaglie. Appariva curvata sotto il peso dei ricordi, sigillata nel mistero che il tempo sembrava voler custodire dopo la morte della Signora.

Lei restò silenziosa davanti all'ingresso ostruito; intuì il punto, sotto la volta dell'atrio, dove Micca aveva detto a suo padre di aspettare, e lei s'era aggrappata alla sua mano: subito dopo, avrebbe superato l'ingresso, intravisto la Signora.

«È sua la bella bambina?» aveva chiesto a suo padre in quel punto preciso, e la bella bambina s'era fatta avanti, ed era stato lì che l'aveva vista tutta, alta e magra, vestita di nero, col cappello e la veletta. Quanti anni erano passati?

Si girò verso di lui: sotto le ramaglie e i sempreverdi era finito un pezzetto grande della sua infanzia. La sentiva rispuntare da un interminabile oblio, rimuovere stagioni con l'energia ritrovata attraverso la nuova comparsa dell'amore.

«Andiamo» disse, e lo sospinse dolcemente verso la parte opposta del piazzale. Superarono il pergolato rotondo in cima al belvedere invaso dal glicine, s'inoltrarono tra gli alberi del frutteto che da lì, lungo le balze, si spingeva fino alle scuderie: il melo, il susino, il nespolo, il ciliegio. Erano gli alberi che la Signora preferiva. L'incuria non li aveva risparmiati, e le loro braccia spalancate, tra le erbacce e gli arbusti, o cadenti, dov'erano state spezzate, facevano pensare a giganteschi spaventapasseri messi a far la guardia a se stessi.

Raggiunsero a fatica il punto più basso del parco. Sotto i piedi avvertivano il fondo duro del piazzale, e subito dopo, sulla destra, oltre il tiglio e i due faggi, il tetto rossiccio delle scuderie.

«Aspettami qui» sussurrò lei, e fece un piccolo balzo in avanti, poi un altro ancora, fino agli spazi neri sotto le arcate; si girò, guardò lui, avanzò di nuovo fino a sparire sotto la volta delle scuderie.

Dalla penombra emerse il timone di un carro appoggiato alla parete, poi la freccia, il letto, lo scannello, le ruote consumate. E poco più in là, appeso a una trave, mescolato a corde e catene arrugginite, il piccolo erpice che usavano per mondare il frutteto con i denti ancora intrisi di terra. Di calesse e landò non c'era ombra: erano rimasti gli spazi vuoti dove si trovavano, le tracce lasciate dalle ruote negli anni. Si ricordò del cancello aperto: non potevano averli sospinti da quell'uscita laterale, era troppo stretta. Di lì, semmai, erano passati gli uomini dopo aver chiuso, dall'interno, il cancello principale.

Tornava la giornata lontana, la figura di suo padre profilata sulla soglia delle scuderie contro il fascio accecante di luce; poi la mano cui si era aggrappata correndogli incontro, scendendo dal calesse.

Guardò per terra, cercando altri resti superstiti: non c'era più nulla. Provò a girarsi verso l'esterno, come aveva fatto una volta, a lasciarsi invadere dal fascio di luce; forse poteva dimenticare. La vita doveva procedere per nuove strade, non aveva senso impedirlo; ogni volta occorreva trovare la forza per riprendere da capo. Ma, prima di arrendersi, lasciò che il sentimento doloroso compisse il suo ciclo: portò le mani al volto trovando qualche lacrima. Quando uscì sul piazzale alla luce abbagliante, c'era lui.

«Non c'è più nulla» disse gelida.

Lui osservò gli occhi verdi arrossati, sentì la voce fredda, metallica, come se fosse riemersa un'altra persona.

«Più nulla» ripeté lei, scandendo le parole. Ma aveva dominato i singhiozzi. Ora la vita poteva correre per nuove strade. «Stasera ci vedremo» gli disse stringendolo.

Le parole gli scivolarono dentro; aveva dimenticato il tono distaccato di pochi istanti prima, che gli aveva messo paura.

5.

Si guardò nello specchio: aveva scelto il golfino amaranto, col disegno nella parte centrale, che esaltava la camicetta di pizzo all'imbocco della scollatura. Corresse col rimmel l'arco delle ciglia: le rughe, in fondo, alle estremità degli occhi, erano leggere. Il sole le aveva dilatate appena: con pochi ritocchi sarebbero scomparse. Spazzolò i capelli, li lasciò liberi sulle spalle; infine, decise di raccoglierli sotto la nuca. Aprì la boccetta del profumo di gardenia, se ne spruzzò alcune gocce sul collo. Piacerà a lui, pensò. Uscì nel corridoio, dal guardaroba levò lo scialle nero e la giacca di gabardine, proseguì per la camera da letto, li appoggiò sulla poltrona. Canterellava; provò di nuovo un passo di tango, si accostò alla finestra. La sera era perfetta. Guardò le stelle: cercava l'Orsa Minore, la sua preferita: lo faceva da sempre, quando era felice.

Lui abitava fuori, in collina, sulla sponda destra del fiume.

«Dopo la chiesa a destra, poi di nuovo subito a destra, oltre la piazza» le aveva detto, «nel vecchio paese.»

Avrebbe lasciato la macchina nel parcheggio in fondo alla strada. Calcolò una ventina di minuti. «Sarò lì verso le otto» aveva detto. Si distese sul divano, spense la lampada e lasciò che il chiarore della sera penetrasse dentro la casa, sfiorasse le cose, scivolasse dentro il suo corpo e approdasse dove nasceva e si spegneva il sentimento incontrollabile dell'amore. Sentì la luce della luna sui suoi occhi, come quando, da bambina, per la prima volta, di notte, s'era alzata dal letto in preda a una forte agitazione, aveva spalancato la finestra e se l'era trovata davanti, rotonda tra le guglie delle montagne, in mezzo al cielo nero.

«Gli angeli illuminano il mondo quando dorme» le aveva raccontato sua madre, sopraggiunta alle sue spalle, accarezzandola. «Vegliano sulle persone che dormono e aiutano quelle che lavorano, accendendo la luna e le stelle. La luna per rischiarare il mondo, delicatamente, senza disturbare chi riposa, le stelle per indicare loro la strada, come accadde ai re Magi con la cometa.»

Si ricordava quella prima notte d'insonnia, la figura di sua madre che le aveva posato leggera la mano sulla spalla, le parole che le avevano disegnato, rasserenandola, il mondo fiabesco dell'infanzia.

Lasciò che l'immagine lontana sfumasse: poi sentì di inoltrarsi di nuovo nelle paludi della memoria. Reagiva con calma, senza inquietudine. Quel mondo non era defunto; riaffiorava, come per incanto, nella nuova stagione dell'amore.

Si alzò dal divano: affacciata alla finestra, guardò la luna, le stelle, il profilo delle montagne. Accostò le persiane: era ora, poteva partire. Avvolta nello scialle nero, lo vide penzolare sulle spalle nello specchio del guardaroba; si piacque dentro quell'involucro scuro, da crisalide.

Non era rientrato subito, dopo averla incontrata sotto i portici nel primo pomeriggio. Avevano rifatto lo stesso percorso a rovescio, scambiandosi poche parole. Lei sembrava ancora stordita da ciò che la villa le aveva suscitato; camminava silenziosa, fissando il ciglio della strada, sollevando ogni tanto il capo, rovesciando indietro i capelli con un colpo secco della testa, accompagnandoli con la mano, girandosi e sorridendogli. Ma a tratti canterellava, accelerando il passo, come per inseguire un nuovo, improvviso pensiero: o si fermava, assalita da nuovi fantasmi.

«Quale sarà il destino della villa?» gli chiese a un certo punto, fissandolo. «Aspettano che vada a pezzi?»

Poi tornò allegra, come se la questione improvvisamente non la riguardasse più.

Come vide il bar sotto le arcate dei portici, uscendo dalla curva, rallentò il passo, di nuovo assalita dai dubbi.

«Verrò da te verso le otto» aggiunse come soprappensiero, cercando le chiavi della macchina nella borsetta.

Con l'aria di nuovo allegra s'era congedata scivolando nella vettura. «Andremo a cena fuori, ti va bene?» chiese lui, ma il rumore del motore coprì di nuovo la sua voce, e lei gli fu davanti in un baleno, salutandolo con un gesto della mano.

6.

Il vecchio, prezioso pendolo di famiglia, che suo nonno aveva acquistato in un lontano viaggio a Le Sentier, al confine con la Francia, e che gli era stato donato direttamente prima che morisse, quasi a suggellare un rapporto privilegiato col nipote, protrattosi negli anni, segnava le otto. Il suono del carillon ruppe il silenzio della stanza, uno studio-soggiorno, ampio, rettangolare, con un'intera parete-luce a sud, che dava sugli ippocastani intorno alla piazza del villaggio. L'aveva plasmato secondo una personale idea dello spazio, dei volumi e delle forme, difendendo quella che per lui, da sempre, era una fondamentale premessa: esperienza e conoscenza, regola e invenzione dovevano armonizzarsi, senza gli schemi forzati imposti dalla rigidezza dell'architetto. Del resto, da quando s'era fatta un'idea propria delle cose e del mondo, quello gli sembrava uno dei pochi assunti irrinunciabili nel corso degli anni. Nulla, né la natura intorno, né le imitazioni che l'uomo ne faceva, e neppure le realizzazioni che ne sostituivano il principio imitativo con una propria, autonoma rappresentazione del mondo, nulla sfuggiva all'equilibrio tra ragione e emozione, alle cui radici, quale misterioso liquido tonificante, riteneva vi fosse la poesia.

Tutte le manifestazioni dell'uomo, le forme espressive, grandi o piccole, antiche o moderne, dalla letteratura alla musica, dalla pittura all'architettura, facevano i conti con questo concetto e la sua casa tentava in qualche modo di rifletterlo, nei dettagli e nell'insieme, in una perseguita armonia, così com'era cresciuta negli anni. Libri, quadri, oggetti, dischi: tutto s'era sviluppato dentro il grande soggiorno-studio; e il suo ordine, benché a più riprese minacciato, era rimasto fedele a quell'idea che aveva coltivato dentro di sé come l'unica verità praticabile. – Ancora per molto, per sempre? – si chiese alzando lo sguardo sul pendolo circondato dai libri, nel ripiano centrale della biblioteca. Sembrava un corpo estraneo, irreale, persino inquietante così immerso nella penombra da cui era spuntata la sua voce per indicare le otto.

Fissò di nuovo il vecchio pendolo liberty, percepì con un filo d'angoscia la nota musicale leggermente sfasata del suo ultimo tocco; e poi nel silenzio uscito dalle spoglie della sua debole risonanza, per un istante il tempo sembrò sospeso, e da quella sospensione si annunciarono frammenti di memoria: tutto l'eterno, immutabile, incompiuto arsenale dell'amore. Si alzò dalla poltrona, camminando avanti e indietro tra le estremità della stanza illuminata dalla luce naturale; oltre i vetri, nella sera, gli ippocastani apparivano più compatti: forme massicce, impenetrabili agli umori del tempo. Lui, per contro, si sentiva fragile, quasi spaventato dalle cose, dalla vita. Gli anni passavano, le esperienze si accumulavano, ma i bisogni erano ancora tutti o quasi inesauditi: oppure, si presentavano con la stessa immediatezza, come se nulla fosse accaduto. – Forse è meglio così – provò a dirsi, – la vita è anche questo continuo riprovare, mettersi in gioco sempre, al di sopra di ogni certezza.

Provava a lasciarsi dominare da quest'idea, a sottrarsi ai timori che lo investivano; riprese a camminare avanti e indietro, senza trovare risposte alla propria inquietudine. Si fermò davanti alla biblioteca, leggendo distrattamente i titoli dei volumi accumulati negli anni. Nella loro disposizione tematica, riflettevano un'esistenza già uscita dalla giovinezza. – Oggi – pensò – la farei in modo diverso. Ma come?

Provava rammarico per tanti libri liquidati anzitempo, nei quali troppo in fretta non aveva più creduto. Li pensava superati; più tardi, avrebbe rimpianto le amate, e frettolosamente accantonate, collane letterarie. «Storielle per educande» avevano sogghignato i predicatori del nuovo verbo politico, oggi tutti sistemati in posti dirigenziali. «Occorre ben altro per farsi una base ideologica seria» proclamavano allora. Rimpianse i testi di poesia, di narrativa, quelli che l'avevano fatto sentire nel più lontano e anacronistico posto del mondo e che ora, invece, passata la bufera, più degli altri sembravano offrirgli l'essenza della vita.

Pensò con amarezza a quelle stagioni, ma anche con nostalgia. – In fondo – si disse, – non aveva subito più di tanto l'ondata ideologica, e le ragioni che l'avevano spinto a occuparsi di politica erano autentiche e ancora attuali: uguaglianza, giustizia, libertà per tutti, in primo luogo. Non doveva ricusare nulla o quasi di sé: se mai, altri avevano mutato pelle, velocemente, per cavalcare il vento dei vincitori, così come avevano fatto anche prima.

Guardò con meno astio i titoli che ricordavano quelle stagioni: erano tanti, troppi, ma si disse che in fondo una biblioteca rifletteva non solo i gusti ma anche le vicissitudini dell'uomo, la sua storia personale, le parzialità, le passioni.

– Domani – pensò, – avrebbe potuto osservare con la stessa benevolenza, o con la stessa riluttanza, ciò che oggi andava costruendo. – Ma poi ebbe la sensazione che il tempo avesse placato l'irruenza giovanile, arrugginito le improvvise passioni, devastato gli spazi dove si alimentavano le illusioni di cambiare il mondo.

No, non sarebbe stato più così; oggi, ogni scelta era più meditata, e la biblioteca ne avrebbe portato il segno evidente anche per gli anni futuri. Poi si sentì insidiato di nuovo da un sentimento contrario. Ebbe paura di perdere anche la voglia di sperare.

– È la maturità, questa? – si chiese spaventato. Provava disagio. Per cercare di dominarsi, accese una sigaretta. Voleva convincersi che la vita non poteva essere imprigionata in una categoria circoscritta, né lasciata correre liberamente alla giornata, senza etica alcuna. Una volta ancora si persuase che era questione di equilibri, di equilibrio. Provò a ripensare ai suoi anni. Sarebbe stato possibile far meglio? Non trovò una risposta, né ebbe il tempo di cercarla, poiché il suono del campanello interruppe la sua domanda facendolo sussultare.

7.

Non c'era stato il tempo per pregustare tutte le sensazioni che quella visita gli aveva scatenato; di fermare l'attimo tra il suo annunciarsi e il manifestarsi, prolungandolo all'infinito; non il tempo di arginare, come aveva fatto altre volte, l'ansia per la temuta perdita della libertà, né di impedirne il contrario, la fine della solitudine. Erano i termini della contraddizione che lo tormentava da sempre, da cui non riusciva a liberarsi, e ogni volta che la vita annunciava un mutamento, si sentiva in preda a tormentose incertezze, che si facevano acute più il mutamento si avvicinava.

Non ebbe il tempo di immaginare la sua vita rovesciata in quello spazio breve che intercorre tra lo squillare metallico del campanello e la lenta, rituale resa al destino, scandita dai passi che lo conducono alla porta d'ingresso, con la mente affollata dal precorrimento dell'amore.

La vide apparire in fondo all'atrio avvolta nello scialle nero, sorridente. Era la prima volta che il suo portamento lo turbava e ne fu consapevole: restò un attimo fermo, come sospeso fra le opposte emozioni della felicità e del timore. Poi le andò incontro, abbozzando a sua volta un sorriso. Le loro labbra si sfiorarono, ma fu lei a toglierlo dall'evidente imbarazzo. «La porta era aperta» disse con grazia.

Entrarono. L'aiutò a sciogliersi dallo scialle, e fu a quel punto che sentì il fascino annunciato dal profumo dell'essenza di gardenia.

Prima di accomodarsi nella poltrona di pelle nera fissata al telaio di metallo nichelato, lei preferì muoversi nella stanza. Notò la totale assenza di fiori: «Preferisco ammirarli nei prati anziché recisi nei vasi» le aveva spiegato. Osservò la pila di libri non ancora sottratta all'involucro di plastica, le lettere ammucchiate sul tavolo di lavoro, tra esperimenti da correggere, fogli di appunti, tagliacarte, posacenere, matite infilate in un cilindro di ceramica dipinto a mano, macchina per scrivere, vocabolario.

«Il vecchio, nuovissimo Zingarelli» disse ridendo e lo fissò compiaciuta. «Sì, ogni generazione conserva i suoi relitti anche se oggi tutto si confonde, vecchio e nuovo, senza contare le imitazioni, le repliche.»

«C'è anche chi si sente soffocare, giorno dopo giorno, non accetta le nuove regole del gioco e viene emarginato, fino alla resa» la interruppe.

«Fino alla resa?» lei trasalì. Lo osservò: non aveva l'aspetto di chi stesse soffrendo per il proprio disagio sociale, o per la sopravvivenza spirituale, né appariva angosciato. Il suo fisico sembrava perfettamente integro, giovanile.

«Pensi a chi?» gli chiese, sorpresa della sua conclusione, «a chi?» ma non attese risposta, intravide sulla mensola sopra la scrivania i libri di Kundera, sorrise, «eccoli i corpi del delitto» proclamò sorridendo e soggiunse: «al fiume non te l'avevo detto, ma quello che preferisco è *Lo scherzo*.»

Lui annuì, le si avvicinò: «Ho riservato due posti per le nove, avremo tempo dopo cena per setacciare la mia casa» e ridendo proseguì «a quell'ora sarò disponibile per ogni inquisizione.»

E subito aggiunse, fissando il vecchio pendolo liberty:

«Beviamo qualcosa prima di metterci in strada, ne abbiamo giusto il tempo.» Lei gradì la decisione inattesa; era arrivata da poco, ma sentiva il bisogno di un momento di respiro: sotto l'apparente disinvoltura, le sembrava di intuire una personalità difficile.

«Emarginato fino alla resa» aveva detto, e quella frase le si era stampata dentro: riguardava lui. Osservò lo spazio della stanza a suo modo ordinato, gli oggetti accumulati negli anni, le piccole reliquie dei viaggi appoggiate negli interstizi della biblioteca; i dischi, potevano essere un migliaio o quasi, quelli di musica classica, sulla sinistra, poi quelli di jazz, quindi i canti politici e la musica folclorica.

Si chinò dopo essersi accesa una sigaretta, a fatica individuò autori ed esecutori sulle copertine: Albeniz, Albinoni, Bach, Beethoven, Brahms, Buxteude...

«È la mia seconda vita, la musica» affermò lui, posandole la mano sulla spalla.

Alzò lo sguardo e vide il suo volto in alto, come le era accaduto al fiume, quando l'aveva sorpreso sul masso. Nella mano destra, come modesto trofeo, teneva una bottiglia che immaginò gelata, sentendo un brivido percorrerle il corpo.

«Una discoteca è come una biblioteca» disse sturando la bottiglia «rivela la vita del suo realizzatore. Le passioni, le predilezioni, i mutamenti, i ritorni, le intemperanze...»

«Anche le virtù e i vizi» aggiunse lei rimettendosi in piedi, «è fatale che sia così.»

Lui la osservò silenzioso. Alzò il calice.

«E quando non lo è?» replicò dopo aver accostato il bicchiere a quello di lei, «quando non è così?»

Lei corrugò la fronte perfettamente disegnata, ora che la si vedeva per intero, libera dai capelli.

«Se non è così è perché chi la fa mente a se stesso prima che agli altri, o è succube degli altri.»

Lui annuì.

Uscirono nella sera. Prima di raggiungere la scala, lei rallentò il passo, guardò dalla finestra. Gli ippocastani che abbracciavano la piazza del villaggio erano diventati ombra immensa, mentre la piazza s'era fatta più piccola, come una minuscola isola solitaria illuminata a fatica da due lampioni eretti ai suoi lati.

Nessuno passava a quell'ora, e il silenzio era sovrano: saliva verso l'alto, come non accadeva più da tempo in città, fino a sfiorare le stelle.

– È un mondo quasi estinto – pensò lei, e aprì la finestra.

Il silenzio si fece brusio lontano, oltre il muro nero rischiarato dai fari che illuminavano lo stadio della vicina città. Richiuse la finestra, lo raggiunse nell'atrio, in fondo alla scala, infilò il braccio sotto il suo, gli appoggiò la testa sulla spalla. «Andiamo a cena» disse.

Il torrente aveva diviso in due il cono su cui sarebbe sorto il villaggio. Ma le case erano state costruite tutte sulla sua sinistra, in parte a strapiombo sulla gola nera dove l'acqua gorgogliava: la si vedeva dal ponte di sasso a una sola arcata, che portava sull'altro versante del cono, destinato per anni, forse per secoli, ai coltivi, prati e campi, ma soprattutto vigneti. Poco alla volta, le case avevano cominciato a sorgere anche da quest'altra parte, brutte, insidiando l'antica armonia naturale, e aggiungendosi alle rare costruzioni preesistenti, in maggioranza stalle in pietra, perfettamente edificate dalla mano sapiente dell'uomo. Ma il tempo aveva costretto alla resa le costruzioni primordiali, compreso l'antico mulino dall'enorme ruota esterna di legno. Era stato trasformato in trattoria, non senza qualche punta di cattivo gusto, anche se non si notavano eccessi insopportabili, come era accaduto altrove.

Non si mangiava male al Vecchio Mulino, e dalla vicina città soprattutto di sabato accorrevano i clienti, prenotando regolarmente i posti: d'estate fuori, sulla terrazza che dava sul torrente; d'inverno intorno al camino, conservato intatto al centro della sala grande. Tra una stagione e l'altra, naturalmente, regnava l'indecisione e l'oste, che amava accudire di persona alla sistemazione dei clienti, doveva risolvere i frequenti dilemmi, soprattutto delle coppie.

«Il tempo s'è rimesso al bello, dopo le giornatacce d'acqua» osservò salutandolo. Poi, rivolgendosi a lei con più distaccata cortesia, venne rapidamente all'inevitabile dubbio: «Si può forse stare ancora di fuori, ma l'aria s'è fatta un po' umida.» Fissò lo scialle nero della donna. «Vedo che la signorina ci ha già pensato.» E concluse: «Faccio apparecchiare sulla terrazza?»

Mangiarono fuori, nel posto in fondo, il più riparato. A più riprese lei s'alzò, scomparendo nello scialle, per accostarsi alla ringhiera della terrazza: sotto, rischiarata dal plenilunio, s'intuiva la nicchia dove l'acqua per quasi un secolo era schizzata contro la grande ruota a pale. Ma la ruota non c'era più, era stata sfasciata prima che vendessero il mulino e lo trasformassero in trattoria. Dalla terrazza s'intravedevano a fatica i resti del congegno che trasmetteva la spinta rotatoria alle macine interne. A differenza di queste ultime, era stato conservato al suo posto originale, se non altro per giustificare il nome che l'esercizio aveva ereditato.

Le due macine rudimentali avevano invece preso il largo, e invano l'oste aveva cercato di trattenerle per farne, diceva, «testimonianze visive» di un'epoca pionieristica, sistemandole nell'atrio, nella sala grande, o forse, più pragmaticamente, con opportuni sostegni, utilizzandole come tavoli.

«Mio padre» intervenne lui, «sapeva tutto su questo mulino, il primo della regione, e per anni l'unico.»

La osservò appoggiata alla ringhiera, più che mai crisalide nel suo bozzolo nero.

«Mi portava qui spesso, da bambino, e insieme, prendendo qualche rischio, entravamo nella penombra sotto le volte zeppe di ragnatele dello stabile cadente. Mi affascinavano le strutture in legno, soprattutto gli ingranaggi, le viti enormi, pure di legno scolpito, che muovevano le macine.»

Lei si girò.

«Abitavi già qui?» chiese.

Ammirò la sua figura, controluce, vide gli occhi spalancati: cercavano di indagarlo, di esplorarlo. In fondo sapevano ben poco di lui, era comprensibile. Quella che gli era stata rivolta era la prima domanda in questo senso.

«Di là dal torrente» rispose, «nel villaggio, non troppo lontano da dove sono tornato a vivere da un paio d'anni. Mio padre era ferroviere, come molti altri da queste parti.»

«Ferroviere, tuo padre. Avrei potuto immaginarlo.» «E tu» disse risoluta, «tu per vivere che cosa fai?»

Si staccò dalla ringhiera e riprese il posto di fronte a lui.

«Vediamo un po' se ho indovinato» aggiunse, appoggiando le mani sulle sue.

«Ho insegnato per vari anni, ora faccio il bibliotecario a metà tempo, il che mi permette di concludere una ricerca sulle letture scolastiche, iniziata anni fa e mai finita.»

«Sull'insegnamento ci avrei scommesso, sul resto no.»

«È perché hai visto gli esercizi sul mio tavolo e le altre cose di scuola.»

«Non è per questo. Voi insegnanti o ex insegnanti avete tutti un certo modo di fare... insomma si capisce che siete insegnanti.»

L'aria si faceva oramai fredda, anche con lo scialle.

Lui chiese il conto, la stessa cosa fecero anche gli altri clienti davanti a loro; bevettero un caffè all'interno, salutarono l'oste, uscirono. Nella notte, non appena il rumore delle automobili si spense oltre la curva, il suono del torrente si fece più intenso, sotto l'arcata del ponte.

«Aspettami qui» lei disse, s'inoltrò sul ponte e si fermò a metà. Guardò l'acqua spumeggiare nella pozza sottostante riprendere il suo corso tra i massi, scintillando a tratti, sfiorata dalla luna. Lui la raggiunse, la cinse con il braccio, osservò a sua volta la pozza d'acqua nella nicchia profonda: da ragazzo, vi si tuffava per il bagno. Lasciò che i ricordi riaffiorassero alla rinfusa, sovrapponendosi, stagione su stagione, ma non disse nulla. Si abbracciarono, restando in silenzio.

«E tu cosa fai per vivere?» le chiese, avviando l'automobile.

Superarono il ponte lentamente, quel tanto che le permise di risentire lo sciabordare del torrente e di intuire tra i massi e gli arbusti il filo irregolare dell'acqua nella corsa notturna verso il fiume. La vettura accelerò leggermente verso la curva, appena dopo la vecchia stalla col fienile odoroso, la sola rimasta intatta negli anni, insieme al suo intramontabile proprietario. Lui percepì di nuovo la sequenza delle immagini sfilargli dentro, fino alle stagioni lontane, sentì perfino l'odore del fieno che a quella curva, immancabilmente, lo investiva. Era una sensazione insopprimibile, anche se, verosimilmente, irreale, data la stagione non più calda, e la probabile assenza, dietro le minuscole aperture a croce, sulla parete frontale, del fieno, oramai scomparso come i prati dai quali proveniva. Ma lo sentì ugualmente, come fosse allora, sfiorargli le narici, fino al leggero stordimento; e fu proprio questa sensazione a ricordargli i primi turbamenti d'amore da ragazzo, quando rincorreva le compagne tra i mucchi di fieno nelle giornate odorose della stagione estiva, ritrovandole poi furtivamente nella penombra dei fienili, durante i notturni giochi a nascondino.

Era un mondo lontano per sempre, e ne aveva ancora paura, tale era la sua inesauribile violenza; nondimeno, quel primo ingenuo cimento col grande e inestricabile capitolo dell'amore lo segnò oltre la barriera del tempo, e lo confuse un poco: restò silenzioso fino alla curva successiva, investito dai segnali della sua preistoria amorosa, e di quel mondo arcaico che vi aveva fatto da sfondo con i suoi odori e i rumori, rendendolo felice. – Poteva tornare a esserlo ancora? – si chiese posandole la mano sul braccio. La osservò rapidamente, prima di affrontare la nuova curva, percepì il moto leggero di assenso delle sue labbra, poi quello degli occhi. Poteva tornare a esserlo dopo tanti anni?

In cima alla salita, le indicò la casa dove aveva trascorso l'infanzia: era rimasta intatta; soltanto il cancello che dava sulla strada principale era stato allargato, probabilmente per l'accesso delle macchine.

«È ancora bella, si vede che è stata tenuta bene. Sarà così anche dentro?»

«Dentro, non vi ho più messo piede, non conosco neppure chi ci abita, se non di vista. Una famiglia venuta da fuori, credo l'abbia comperata dai vecchi proprietari.»

«Non sei più tornato sui tuoi passi? Hai avuto paura a spingerti fin lì.»

Lui avvertì l'insidia che quella frase conteneva, sotto la dolcezza apparente. La guardò di nuovo, incrociò i suoi occhi chiari, spalancati.

«Non ho mai pensato di tornarci» ribatté quasi sottovoce, «almeno per ora mi basta passarci davanti, sentire che c'è ancora.»

Soltanto a quel punto lei riconobbe la strada che aveva fatto un paio d'ore prima, la piazza debolmente rischiarata dai lampioni e rannicchiata sotto gli ippocastani neri. Una strana allegria subentrò al primo sentimento d'angoscia; scese dalla macchina canterellando, compì alcune giravolte intorno a lui, a passo di danza, finché d'improvviso si calmò, divenne pensierosa. Gli si avvicinò, infilò la mano nella sua, appoggiò il capo contro la sua spalla, e non appena sentì il braccio di lui cingerle la vita, si lasciò cadere all'indietro, finché ebbe il cielo spalancato sopra di sé, infinito, punteggiato di stelle.

Aveva ritrovato l'allegria iniziale salendo le scale di casa, almeno così parve a lui, che la spiava fasciata dal lungo scialle nero; e la sua voce non tradiva lo sforzo nel ritrovare le note di un'amata canzone nella strofa iniziale; più in là non s'azzardò, si fermò in cima alle scale, si girò, osservò le stampe appese con ordine su entrambe le pareti; s'inoltrò nel vasto studio-soggiorno, si avvicinò alla finestra che dava sulla piazzetta circondata dagli ippocastani. Sentiva la notte oltre il vetro innalzarsi fino alle stelle che poco prima aveva ammirato perdersi nello spazio; vide il riverbero delle luci artificiali della vicina città: ne percepì il loro baluginare sotto la volta dello spazio celeste.

Non s'era lasciata abbattere, come di solito le accadeva, da quel confronto spietato. La vita era fatta di piccole e grandi cose, e gli umori degli uomini non potevano ignorarle per rifugiarsi nella contemplazione dell'universo; o perdersi totalmente, come i più facevano, nella durata dei propri gesti quotidiani.

Così, quando lui, sciogliendosi dal lungo abbraccio, la invitò a restare, si lasciò guidare dai propri sentimenti, e solo da quelli: rispose di sì.

8.

Lasciò la casa all'alba. Il mondo era tornato ad apparirle meno ostile, persino invitante nella sua fisicità: si sentiva appagata e agitata, e questo le impediva il sonno. Era rimasta a lungo distesa accanto a lui, con gli occhi semichiusi: lo aveva sentito cedere alla stanchezza, calarsi nei meandri del sonno, e forse del sogno, girarsi e rigirarsi, cercarla nel gorgo dei sentimenti assopiti. L'inquietudine, o tale le era sembrata, appariva simile alla sua; lo aveva osservato agitarsi sotto l'imponderabile cortina del sonno, accennare a un leggero movimento delle labbra, sussurrare frasi, forse soltanto spezzoni di parole. Fissava a lungo il suo corpo disteso sotto il lenzuolo leggero: ottundendo la fessura degli occhi ne ridusse il volume, finché divenne un'ombra. Restò in silenzio con gli occhi chiusi accanto all'ombra, finché una musica la invase tutta, e dolcemente ruppe la sua quiete interna. Da dove proveniva?

L'aveva sentita altre volte, quella musica, in altre lontane, sfortunate notti d'amore. Spalancò gli occhi, ritrovò lo spazio melanconico della camera, e accanto a lei, sotto il lenzuolo ondulato, nell'identica posizione di prima, il corpo disteso di lui. Il suo respiro s'era fatto più regolare, e le labbra non mormoravano più spezzoni di parole. Dormiva appagato, pensò, e quell'appagamento cominciò a rimuoverle dubbi e paure, mentre la musica le cresceva dentro. Se la ricordava bene ora, e invano provò a ironizzare su queste oscure coincidenze, benché non fosse superstiziosa. – Sì, la musica è la stessa – constatò, e trovò uguali anche le ombre, la disposizione dei mobili, il brivido che la agitava di nuovo. Tutto come allora. Fu a quel punto che si alzò, si vestì, accese una sigaretta, e dalla finestra, mentre si ravviava i capelli, vide l'alba spuntare oltre la barriera informe degli ippocastani.

– No, questa volta non si sarebbe lasciata sconfiggere – si disse. Controllò l'ora, si avvicinò al tavolo di lavoro, osservò compiaciuta l'immancabile disordine, dalla macchina per scrivere sfilò il foglio ancora bianco, afferrò il pennarello vicino, scrisse di getto «Ci sentiamo, è stato bello». Non le piacque, lo rifece su un altro foglio «A presto, un abbraccio». Lo firmò, lo contemplò un istante, accartocciò e s'infilò in tasca il foglio scartato, appiccicò l'altro sulla porta della camera. Si sentiva più tranquilla; la musica interna aveva smesso di tormentarla, riscopriva lo stordimento della ritrovata voglia d'amore. Uscì.

L'aria pungente la fece lacrimare, ma fu soprattutto la luce radente dell'alba a costringerla a socchiudere gli occhi. Il fascio luminoso le sfiorava le palpebre, e per un istante provò una sensazione di piacere; retrocesse quel tanto che le permise di appoggiare le spalle contro la parete della casa, col palmo della mano accertò l'avvenuto contatto, riportò il braccio nella posizione precedente, incrociandolo con l'altro, alzò il capo e si lasciò sprofondare in quell'accecamento delicato e misterioso.

Quando riaprì gli occhi, sentì il corpo attraversato da brividi di freddo, si staccò dal muro, avanzò a piccoli passi tra le case, le osservò rannicchiate nell'alba, involucri silenziosi con dentro uomini stanchi, sprofondati nel sonno dopo le fatiche quotidiane e tra poco a esse di nuovo richiamati; si sentì colpevole per essersi sottratta a quelle regole di vita cui era stata a sua volta educata, ma respinse l'insidia: la sua giornata se la guadagnava come tutti, faticando tra montagne di incarti che l'avvocato le passava regolarmente, giorno dopo giorno, affinché glieli ordinasse per le pratiche giudiziarie. Otto ore al giorno di incursioni nei labirinti giuridici: conflitti tra uomini, unioni distrutte, divisioni dolorose, ricomposizioni insensate, denunce per offese presunte, controdenunce, guerre per proprietà, riassetti societari, inadempienze contrattuali, sottrazioni indebite di titoli e di averi, sì, di averi; fallimenti annunciati, rientrati, dichiarati; risarcimenti; insulti a pubblico ufficiale; cospirazione contro lo Stato. Sì, anche quella voce era capitata sotto i suoi occhi un venerdì pomeriggio, si ricordava bene l'insolito capo d'accusa, e altrettanto bene si ricordava il volto del giovanotto dall'aria scontrosa più che bellicosa cui aveva aperto la porta dell'avvocato dopo una lunga anticamera. «Tocca a lei, venga pure» gli aveva detto osservandolo, e il giovanotto l'aveva fissata a sua volta quasi incredulo, prima di seguirla. Sarebbe stato prosciolto in seconda istanza e la cassazione avrebbe confermato il verdetto per insufficienza di prove. Se la ricordava bene la sua faccia emaciata, quasi allegra quando era tornato per chiudere la vertenza e l'avvocato, scrutandolo sopra la montatura dorata degli occhiali da presbite, gli aveva allungato la stilografica, «firmi qui, firmi qui, per i suoi compagni è andata ben peggio» gli aveva ricordato.

Qualche anno dopo l'avrebbe interrotta mentre era intenta alla corrispondenza. «Riconosce questa faccia?» le aveva chiesto ficcandole sotto il naso la prima edizione del giornale, sillabando ad alta voce il suo nome, «se lo ricorda?» Una risata ironica aveva accompagnato il suo stupore. «È stato nominato giudice dei minorenni» aveva ridacchiato ancora, aggiungendo quasi compiaciuto «non ci si può più stupire di nulla.»

Quelle battute sarcastiche le erano risuonate a lungo nell'orecchio: era così semplice e gratificante mutar pelle? Ma alle timide obiezioni secondo cui chi premiava era ancor più colpevole di chi ne beneficiava, l'avvocato aveva risposto con i catarrosi rintocchi della sua risata: «Così va il mondo, non abbiamo che da tenerne conto.»

– Così andava il mondo – pensò, ora che il fascio di luce si era fatto più vivido, e le sue palpebre, a fatica, riuscivano a proteggere le pupille. Andava proprio male, il mondo. Lo dicevano, nel loro piccolo, anche le pratiche dell'avvocato. L'opportunismo dilagante, la disinvoltura nell'adeguarsi a ciò che non si condivideva per conseguire qualche vantaggio personale. L'arroganza, la presunzione, la superficialità, la ricerca dell'immediato successo, la paura di restar fuori dall'onda vincente, il denaro, il potere. All'origine di molti conflitti che saturavano le pile degli incarti che settimanalmente preparava, vi scorgeva quasi sempre l'esasperazione di questo modo di essere. Negli altri casi, erano gli antichi, ineliminabili dissapori del genere umano, la voglia di potere, l'egoismo, oppure, di converso, l'indigenza, la disperazione, la lotta per sopravvivere. La società non solo non aveva risolto i conflitti di sempre, ma altri ne aveva aggiunti. Cambiava in peggio, il mondo, sotto la pelle dell'apparente benessere, e questo l'angustiava. Dov'erano finite le ragioni in cui aveva creduto per anni? Gli obiettivi di generazioni che si erano battute per una società diversa? Da tempo ogni illusione era rientrata, e come ci pensava, puntualmente lo sconforto l'assaliva. Questo stato d'animo le aveva reso amara la vita: non le restava che una deprecata soluzione individuale, ed era ciò cui s'era adeguata poco per volta: aveva scelto di star sola, abbandonando l'attività sociale e gli impegni politici, persino gli aspetti gioiosi della vita collettiva, come le feste, i balli, le scampagnate in gruppo, coltivando poche amicizie, e cercando invano l'adempimento dell'amore. Ma ne era sempre uscita sconfitta, e soltanto ora le sembrava di aver percepito la ragione: non le era possibile amare e detestare la vita insieme. Lì nasceva il conflitto all'origine dei suoi fallimenti, che l'aveva resa scettica anche di fronte al misterioso capitolo dell'amore. Ma le era possibile evitarlo? A questo pensava, camminando lentamente nell'alba, e solo allora, dischiudendo gli occhi per intero, si accorse di aver superato la piazzetta degli ippocastani. Avrebbe dovuto svoltare a sinistra, se ben ricordava, per raggiungere l'automobile. Provò a ricostruire mentalmente la strada fatta, ma la sua testa era altrove, sicché sbagliò direzione. Tornò sui suoi passi, rifece il percorso, e finalmente, quasi con sorpresa, si trovò davanti alla sua vettura che immaginava dall'altra parte.

9.

Non gli accadeva spesso di svegliarsi oltre mezzogiorno. L'irregolarità dei suoi impegni di lavoro non aveva cancellato l'educazione familiare, almeno in questo senso. Poteva stupirsi e persino ironizzare, al tempo degli studi, sullo scrupoloso rispetto degli orari che i suoi gli avevano tramandato, come ogni famiglia impiegatizia o operaia. Alla fine, erano le regole inculcate a prevalere, e le rare volte che vi si era sottratto aveva sentito dentro indefinibili sensi di colpa o qualcosa di simile. Gli pareva di offendere la memoria di chi aveva faticato per lui, e non c'era verso di liberarsi da quel sentimento, neppure quando gli fu ben chiaro che la patria elvetica aveva costruito la sua fortuna economica su quel sacro principio, e che non erano stati certamente i più a beneficiarne nel modo dovuto. Chi era ricco diventava sempre più ricco, anche se non lo dava a vedere, secondo un altro caposaldo del costume svizzero, così come chi era povero e diventava sempre più povero, anziché ostentarla, dignitosamente mascherava la propria povertà. Il senso insopprimibile di colpa non lo risparmiò neppure quel primo pomeriggio domenicale in cui si trovò davanti allo specchio della toilette mentre erano quasi le due. Osservò insonnolito il viso sporco di barba, i capelli arruffati e qua e là ingrigiti, gli occhi un po' gonfi. Una leggera scalfittura, appena percettibile, sotto lo zigomo sinistro, gli ridestò le emozioni appena assopite della notte d'amore. Soltanto allora, smorzati i rimpianti, scivolò sotto la doccia canterellando, lasciò che l'acqua lo inondasse, vuotò il tubetto dello shampoo, la doccia tornò a inondarlo, e il vapore invase il locale, offuscò i vetri impedendogli di scorgere dalla finestra l'ombra del pino che a quell'ora s'allungava sul piazzale. L'ombra lunga e secca che lo aveva affascinato nei primi mesi di vita solitaria in quella casa, dov'era andato a vivere dopo gli anni di città: la osservava spostarsi lentamente durante il pranzo, come la punta di un sismografo gigantesco che segnasse il tempo del villaggio. Tornava a controllarla prima di partire per la scuola, e l'ombra, a quel punto, nella stagione autunnale già a ridosso dell'inverno, divideva il piazzale in due parti uguali, due rettangoli perfetti, come ora; mentre il tempo sembrava fermato da quell'impronta magra, arginato nei due rettangoli, stregato dalla loro perfezione geometrica. L'incanto durava poco, quel tanto che occorreva agli uomini per mettersi in strada: ma quel momento pareva sospeso, come l'atmosfera rarefatta dopo il tocco del mezzodì.

Uscì dalla doccia; e solo allora si ricordò del suo piccolo incanto quotidiano, ripulì il vetro dal velo di vapore, osservò il piazzale: i rettangoli non erano più perfetti, l'ombra si era già un po' rarefatta spostandosi verso est. Restò un attimo deluso, pentito per la sua infedeltà. – Così – pensò – vanno spesso le cose nella vita, poi torni a rimpiangerle, ed è troppo tardi. – Ma ritrovò subito il buonumore; ripulì dal vapore lo specchio della toilette, rivide il suo volto sporco di barba, si lavò i denti, e soltanto da ultimo, rompendo le abitudini, si rase.

– Sì, quella notte lo aveva definitivamente riconciliato con l'amore – si disse, rivestendosi con calma. Poi ebbe il timore di precorrere i tempi, almeno nel giudizio. Corresse il pensiero: – si stava riconciliando con l'amore – la prudenza sembrava esorcizzarne meglio ogni scacco possibile, anche se faticava a contenere l'entusiasmo.

Pensò a lei con tenerezza, agli occhi verdi, magnetici, al corpo scivolato fuori dalla crisalide nera.

Da ultimo, l'aveva sentita rannicchiarsi contro stringendogli le mani, poi allungarsi, il corpo rilassato, le braccia distese, rovesciate. Aveva sentito il suo profumo, e a quel punto si era lasciato inebriare, non ricordava altro, l'intensità del profumo e poi il sonno.

Soltanto allora si accorse del foglio appeso alla porta della camera. Lo lesse compiaciuto «A presto, un abbraccio», tornò a chiedersi perché mai se n'era andata in silenzio ma quella scritta lo liberò dai dubbi che gli erano passati per la testa svegliandosi e non trovandola al suo fianco. – Fa parte del suo carattere, è fatta così – e sotto sotto quella decisione non gli dispiacque, gli concedeva una tregua dopo l'adempimento dell'amore.

Uscì nello studio, osservò il pennarello usato per la scritta, lo immaginò guidato dalla mano sottile nell'itinerario della frase: quelle parole, depositate prima d'uscire, gli risuonavano febbrili come una promessa vitale; sì, si sarebbero ritrovati, e l'abbraccio col quale lei prendeva furtivamente commiato gli infondeva quel calore che avrebbe ritrovato negli appuntamenti futuri.

Accese una sigaretta. Non aveva fame, nonostante l'ora; la sua giornata era stata piacevolmente sconvolta, ma più sconvolta ancora, assai più di ciò che non fosse disposto a credere, era la sua vita. – Cos'era – si chiese, – che sfuggiva così ostinatamente alla volontà? Quali forze agivano sul suo destino?

Il pensiero provò a sostare negli spazi della memoria, a riesumare le passioni vissute, manifeste o segrete: quelle mancate, temute, sognate, realizzate; tutte avevano avuto un loro arco incandescente e misterioso, prima di consumarsi, ma a tutte era mancato qualcosa per reggere al tempo, e il tempo aveva assistito al loro tramonto. Poteva riscattarsi?

Scrutò la fila di dischi con l'intento di sceglierne uno, ma non concluse nulla, la ripassò di nuovo in rassegna con l'occhio attento, ma neppure stavolta trovò la musica che potesse corrispondere al suo stato d'animo. Si sentiva confuso, anche se l'eccitazione per la notte trascorsa lo proteggeva dal richiamo di quelle energie oscure che sembravano aver disegnato il suo destino, e che alla fine parevano insidiare anche la sua vita amorosa.

10.

Doveva essere aggrappato alle radici del monte, il villaggio, alle origini; minuscolo, di poche case, di poche stalle, con un'enorme chiesa ai piedi dell'incombente montagna. Poi negli anni, nei secoli, altre case sorsero, si distesero poco per volta lungo il pendio, verso il fiume. Ma chi arrivava da sud, appena lasciata la città, se lo trovava davanti, come sospeso nel suo pittoresco arroccamento all'imbocco della valle: una striscia irregolare di case colorate, dai tetti scuri di piode, contro l'azzurro del cielo, nei giorni tersi; o grigio, di nubi contorte e minacciose, se il tempo volgeva al peggio, ed era soprattutto in quei giorni di vigilia di temporale che il silenzio scendeva, e il villaggio sembrava muto nell'attesa, scandita dai rintocchi delle campane.

Così gli appariva in quel pomeriggio estivo in cui decise di tornarvi, mentre sullo sfondo pietroso s'intuivano le belle armonie dei volumi e dei toni delle case non ancora sciupate. Era salito lentamente fino all'incrocio delle strade, ma prima di svoltare a destra aveva preferito sostare nella piazzola a strapiombo sul torrente: da quel punto s'udiva il rumore della valle, ed era quello, forse, il timbro inconfondibile del villaggio: la sua voce. L'aveva risentita a fatica, dopo anni di assenza, e un poco minacciosa, come quando annunciava la piena. Altri, nuovi rumori parevano sovrastarla, ma non ne fu angustiato più di tanto: l'aiutarono a distrarsi, a sottrarsi alle insidie del ricordo, a sconfiggere l'incertezza di chi ha pensato di ritornare.

Non era stato facile; la città l'aveva a lungo sognata, già negli ultimi anni dell'infanzia: le strade, le piazze, la folla, i tram, la ricca esuberanza, la sua vita. Lì, il nuovo mondo aveva messo le radici, e l'albero era cresciuto, era diventato bosco e foresta di vetro e cemento e tralicci metallici, dove un tempo c'erano alberi veri di bruni tronchi e di foglie verdi: un altro mondo.

Dopo qualche affanno, quel mondo nuovo, sognato ma un poco ostile agli inizi, gli era diventato familiare, e il quartiere aveva sostituito il villaggio; gli uomini si ritrovavano, e le loro abitudini erano diventate le sue: il bar dell'angolo, il tram, il supermercato, i negozi della via principale, quelli raffinati del centro storico, le librerie, la biblioteca centrale, la sala dei concerti, l'antica birreria, la piscina, lo stadio. Erano nuove emozioni, quelle che provava, e soprattutto un ritmo di vita senza tregua, di giorno e di notte: e il sentimento pieno che il mondo avesse traslocato dalla campagna alla città e che lì fosse iniziato il suo futuro secondo le regole non scritte di una legge irreversibile.

Nulla lasciava immaginare il degrado degli anni successivi, gli artigiani sfrattati dal centro, e insieme a loro i vecchi ritrovi, le osterie, le botteghe, gli studi dei pittori, le tipografie, per far posto alle banche, agli stilisti e ai pubblicitari.

– Non è più il luogo della felicità, ma della paura, della disperazione. Gli uomini non escono più di sera, temono di essere derubati, assaliti – si disse, pensando a quegli anni, non ancora offuscati dal crollo del mito cittadino, e dal ritorno al paese. – Un ripiego forzato? – si chiese, osservando la piazzetta interamente abbandonata dal sole, – o una sconfitta?

Dalla sigaretta si staccarono anelli di fumo, salirono

in alto e si disintegrarono. Sì, la grande sbornia della città era finita, anche se non riusciva a rimanerne del tutto lontano. Vi tornava per incontrarvi gli amici lasciati, non molti, per salutare la cassiera del cinema rimasta al suo posto da quella stagione, passare in libreria, dove la saggistica politica aveva ceduto il posto alle novità letterarie e alle pubblicazioni d'informatica; visitare la galleria d'arte di fronte al teatro che aveva smesso di dare spazio agli happening per esporre di nuovo quadri dipinti a mano; e soprattutto, per ritrovare la larghezza dei suoi viali, benché stipati dal traffico e fortemente inquinati.

Ma la città aveva quest'altra dimensione: un'infinita vastità dove tutto avveniva dentro e fuori il cerchio circoscritto della propria conoscenza, un magma crescente di cose, fantastiche e tragiche. Ma erano quest'ultime a prevalere negli ultimi anni, e la vita si era fatta più aspra, e il suo disamore più forte.

Risentì il peso delle lontane radici, il loro pulsare sotto la patina del mondo metropolitano in crisi, in una lotta confusa in cui tutto sembrava soccombere e risorgere a un tempo, poiché entrambe le realtà avevano scavato tracce profonde, ed erano ora l'una ora l'altra a prevalere, in un confronto interminabile, poiché questo era il suo vero dramma, e di molti altri come lui nati in quegli anni: il non sentirsi più di una parte sola, della città o della campagna, ma di amarle e rifiutarle entrambe. Dopo lunghe incertezze e anni di lontananza, era quest'ultima a vincere. Ma la campagna era mutata a sua volta, soprattutto a ridosso dei centri, e negli immediati dintorni. L'enorme chiesa ancora spuntava al centro del villaggio, ma le case, intorno, avevano invaso l'intero pendio e si erano spinte fino all'argine del fiume, dirimpetto a quelle della sponda opposta che si saldavano alla città. Che cosa sopravviveva della vita di un tempo? – No – si era detto spostando la vettura dalla piazzola a strapiombo sul torrente e rimettendosi in strada, – il villaggio non è più quello, non ha più la sua durezza né la sua magia, ma ha pur sempre una sopportabile dimensione: ci si può vivere, anche perché, se la necessità preme, oggi alla metropoli si arriva in un baleno.

– Alla fine sarà il tempo a decidere – pensò, tornando a quel pomeriggio, osservando la casa dietro la piazzetta degli ippocastani, dove sarebbe andato a vivere. Quello spazio orizzontale, ricavato al secondo piano di un vecchio edificio riattato, lo aveva appagato, si sentiva protetto, conservava un suo calore, in mezzo a un mondo che aveva ritrovato non senza timori dopo l'ebbrezza cittadina. Certo, molte cose lo preoccupavano, gli anni lontani, la vita di allora, la memoria. L'urto col presente. Non era meglio essere lontano?

– No, la memoria non può rimanere sigillata in un involucro dorato, remota dal presente, intoccabile. La memoria è soprattutto maceria, ciò che resta dell'uomo, di una stagione. Ciò che sopravvive di un mondo. Resti di una parte della nostra vita, sui quali abbiamo costruito l'altra; e di quella di chi ci ha preceduti, di chi ci ha seguiti.

Tossì respirando il fumo della sigaretta. – Macerie, quintali di macerie. Macerie sanguinanti, fumanti, invocanti. Dobbiamo saper vivere tra le macerie. Questa è la nostra vera storia di uomini, la nostra condizione. Convivere con le macerie.

Oltre la nuvola di fumo che i polmoni espellevano, intravide, come in un'antica stampa, il profilo del vecchio paese. – Nella nuova casa vivrò come un estraneo, una barriera sorgerà tra me e il mio passato.

L'idea gli sembrò subito assurda. – Non si può essere estranei al proprio mondo – ammise – tagliarlo a pezzi, stagione dopo stagione.

Di nuovo si sentì sommerso dalle macerie, provò a liberarsene, ma alla fine si arrese all'idea che quel ritorno, pur carico d'incertezze e di sorprese, non avrebbe potuto rimandarlo. S'infilò tra le labbra un'altra sigaretta, inghiottì nuovo fumo, risalì in macchina confuso, ma deciso a tornare. Scese fino al ponte, e prima di attraversarlo, nello specchietto retrovisore vide la lunga fila di case affacciate alle balze, arroccate intorno alla chiesa, così come le avevano disposte i fondatori del villaggio. – Alle volte occorre ripartire dalle radici – pensò – rifondare la propria vita.

11.

L'avvocato era già in ufficio quando la porta di pannelli metallici obbedì all'impulso che il suo indice le inviò premendo il cerchietto nero dei comandi digitali e si spalancò, per richiudersi di scatto non appena il corpo fu oltre la barriera invisibile delle minuscole spie laterali, e il rumore si confuse con quello esterno dell'ascensore, richiamato al pianoterra.

Controllò l'orologio, era in perfetto orario. L'avvocato la salutò con un cenno della mano, senza levare gli occhi dal codice in cui erano affondati. Appese il soprabito nel vestibolo comune, salutò la collega che aveva già preso posto dietro la scrivania, fece il giro della sua, controllò i fiori nel vaso, l'acqua era già stata cambiata, osservò il promemoria che aveva infilato sotto il tagliacarte, se lo ricordava perfettamente, verificò la battitura della lettera da inviare al tribunale, in cinque copie avrebbe dovuto tirarla, sì, in cinque copie, ripeté mentalmente, la controllò di nuovo, quella correzione al secondo capoverso le sembrò meno evidente di venerdì, forse perché adesso era di buonumore. L'avvocato volle comunque leggerla, la chiamò, la salutò a piena voce «aspetti, aspetti, è subito fatto» le ingiunse, come la vide muoversi, e la osservò di nuovo con un colpo d'occhio indagatore. Lei restò impassibile, sicura di sé, senza irrigidirsi tuttavia, come altre volte le era capitato; una ragazza appagata, pensò l'avvocato, indirizzando definitivamente gli occhi sulla lettera. La rilesse mentre lei, sopra la testa grigia, vedeva per la prima volta con chiarezza ciò che l'antica stampa, che stava appesa da quando era stato aperto lo studio, raffigurava: il Lido, l'hotel des Bains a Venezia, con l'ampia scritta orizzontale, così come l'avevano osservata i suoi occhi l'anno prima, in una breve, melanconica vacanza italiana. Restò interdetta, e l'avvocato se ne accorse. «È preoccupata?» le chiese d'improvviso, notando la sua espressione.

Si sentì scoperta, avvertì il sangue affluirle di colpo alla testa, allontanò velocemente il ricordo di quel viaggio, provò a sorridere. «No, no» rispose «tutto bene» e afferrò la lettera che l'avvocato le porgeva, si sottrasse all'insidia di quegli occhi che la scrutavano, soffocò il ricordo: «in cinque copie, vero?» chiese. «In cinque copie» confermò l'avvocato.

A differenza di lui, non aveva amato mai le metropoli, neppure quando appariva quasi certo che lì si compisse il destino del mondo, e l'uomo, affrancato dalle fatiche secolari, trovasse il suo appagamento. Aveva sempre preferito le città di media grandezza, e anche meno, a misura d'uomo, percorribili a piedi, da un capo all'altro, senza lo squallore degli anonimi caseggiati periferici, lugubri e imponenti, l'estraneità degli abitanti alle sorti reciproche, la loro solitudine nell'impari lotta per sopravvivere. Non ne aveva subito il fascino neppure quando la metropoli sembrava crescere in una ricca sfrenatezza di usi e costumi, ognuno vi trovava il suo spazio preferito, e la vita sembrava pulsare senza lacerazioni brusche, drammi e tragedie collettive, così come accadeva ora, ai margini del centro elegante, con le sue strade travestite dalla moda, firmate dai pubblicitari, dove un tempo sorgevano le antiche botteghe artigiane, i pittoreschi luoghi di ritrovo, le gallerie, le librerie, e ognuno chiamava l'altro per nome.

Riconosceva nelle cittadine ciò che aveva respirato nella sua, sulla sponda del lago, dov'era nata, o nell'altra, poco più a nord, in riva al fiume, di uguali dimensioni, dov'era andata a vivere alla soglia della giovinezza.

Amava sentirla, la città, come un vestito su misura, conoscerla nei luoghi più remoti, respirarne la storia tra i palazzi e le contrade, nella sua lunga, misurata crescita secolare.

Fu così che a Venezia andò che era già quasi inverno, con le orde di turisti decimate, e la città le apparve sotto il baluginare del sole, scivolando tra le mura scrostate dei palazzi sull'acqua fradicia.

Quella fatiscenza la stordiva: indicava l'avanzare del tempo e la sua legge inesorabile. Non vi si poteva sottrarre, fuggire; non le restava che arrendersi, inghiottire il liquido agrodolce della sua grandiosa decadenza, puntellata dagli uomini perché si prolungasse ancora all'infinito, in un'interminabile agonia. Quel sentimento a un tempo doloroso e grandioso la fece quasi tremare quando si trovò davanti all'hotel des Bains, e volle entrare tra le immense stanze vuote, sostare sull'ingresso sotto la storica insegna orizzontale, mentre l'onda magra del mare, di là dalla siepe, sciabordava sulla spiaggia deserta del Lido, e il suo compagno era fermo e muto accanto a lei, come un'ombra. Fissò in silenzio la sua sagoma scura: si amavano ancora?

Di nuovo sentì l'onda secca del mare sfaldarsi contro la riva, e fu come se piombasse sul suo corpo immobile; lo sentì indifeso, e per un attimo ancora le sembrò impossibile dividersi da lui. Poi si calmò, ebbe la sensazione che quello sarebbe stato l'ultimo soprassalto del suo fuoco amoroso, sentì il dramma scuoterla fino allo smarrimento, e quello di lui, ombra immobile nell'incombente sera: lo chiamò per nome, sottovoce, e tornò a fissarlo angosciata, sicura, tuttavia, che non si amavano più. Solo a quel punto percepì che la tragedia di due piccoli mortali coesisteva con quella gigantesca della storia veneziana: tutto volgeva alla fine, la grande epopea marinara, con i fasti e le glorie dei suoi protagonisti, e la sua storia privata d'amore di ragazza di provincia.

Nella fatiscenza dei canali, nelle crepe dei palazzi, nella melanconica sopravvivenza dell'hotel des Bains non trovava consolazione, provò al contrario paura, si sentì sola accanto alla sagoma immobile di lui, solo a sua volta nel grande spazio del mondo.

«Bene, ne farò cinque copie» ripeté staccando gli occhi dalla stampa antica sopra la testa grigia dell'avvocato. Ostentò, nel tono, l'insolita, tranquilla allegria con cui era giunta al lavoro, si portò verso la scrivania, vi posò la lettera, la osservò per alcuni interminabili istanti senza vederla, avvertì un'improvvisa stanchezza, si riebbe, sollevò lo scritto e si portò verso la fotocopiatrice.

– Questa volta non finirà così.

Lo schizzo di luce fredda accompagnò il rumore della macchina, le copie precipitarono nella tasca di plastica, sul lato sinistro; controllò l'inchiostratura della prima, era leggermente densa; regolò il pulsante, controllò di nuovo: ora la resa era perfetta.

12.

Benché si fosse ripromessa di evitarlo, non riuscì a frenare, mentre usciva, il colpo d'occhio sulla stampa con l'immagine veneziana. L'avvocato l'aveva preceduta di poco; si udiva ancora il rimbombo dell'ascensore nella custodia verticale, lo scatto della serratura, il rumore metallico. Tolse gli occhi da Venezia, e finse di sorridere quando la collega la raggiunse. Percepì di nuovo il vuoto e, nelle vene, anziché il sangue, un liquido gommoso che le impediva ogni movimento naturale. Per un istante la collega divenne una sagoma sfocata, poi la sua immagine riprese forma e colore, si sentì scrutata: «Non è nulla» disse, precedendo la domanda, entrò nell'ascensore, «sono i brutti scherzi della pressione bassa» aggiunse, premendo il pulsante, finché salutò la collega sul portone principale e, diversamente dal solito, prese la strada di sinistra, oltre i grandi magazzini.

Camminava rapida, senza meta. Sentiva il bisogno di sfuggire dal ricordo e soprattutto dal dubbio che l'accompagnava: ogni storia era destinata a finire così?

Aveva creduto nell'amore come a qualcosa di supremo: uno stato di grazia totale. Non sopportava l'idea di vederlo ridotto a un fatto normale, come tutte le altre cose, o, peggio ancora, a una realtà subalterna ad altre ragioni di vita.

– Ecco – rifletté attraversando la piazza del mercato, sgusciando tra le macchine ferme – ecco ciò che mi divideva da lui: l'idea che il fine ultimo fosse sempre altrove.

Risalì sul marciapiede: nelle vetrine dirimpetto vide un'immagine riflessa, deformata dall'oscillazione della luce. Poco oltre, il sole irrompeva tra i blocchi dei palazzi, in diagonale, e si trovò dinanzi, nera, dinoccolata e tremante, la sua stessa ombra.

Era infine arrivata sull'argine del fiume, camminando per ellissi, attraverso la città, seguendo strade insolite, simili a quelle tortuose del suo pensiero, fitto di rimorsi e di sospensioni; a tratti rumori improvvisi la inquietavano, irrompendo nella calma breve del mezzodì, sfiorata dalla luce del sole e dalle voci lontane, portate dal vento, nelle sue folate irregolari, prima di spegnersi nel fiume, nel gorgogliare della sua scivolata nervosa tra i blocchi di pietra.

Vi andava di domenica, di regola, mentre la città godeva il riposo della giornata festiva, eppure rimaneva presente al suo girovagare sugli argini. Ora era diverso; la città stava alle sue spalle, ma era come se fosse infinitamente più lontana. Non aveva provato mai quel sentimento di estraneità, in modo così intenso, nei suoi luoghi amati, e si sentì più indifesa, come se fosse approdata in un posto sconosciuto, e poco per volta all'ebbrezza iniziale fosse subentrata l'angoscia.

Osservò il fiume nel suo eterno scorrere verso il lago: – È così da secoli – pensò – da sempre. – Quante volte sarà stato sconvolto il suo alveo? quante volte le piene, le alluvioni, le siccità, il gelo ne avranno mutato il corso? Si girò e chiuse gli occhi: sentiva l'acqua scivolare leggera, e la sua voce di cantilena ritmarne la fuga, diventare onda nel suo frangersi contro la riva, prima di placarsi;

e di nuovo scivolare leggera e argentata, riprendendo il suo corso verso la foce.

– Sì, la sua vita non era diversa dal corso del suo fiume – concluse, girandosi di nuovo a fissare il nastro dell'acqua.

Riprese a camminare sull'argine, ma in prossimità della fila di pioppi si fermò, si sporse verso il fiume, e nella pozza sottostante vide riflessa la propria immagine: la testa si allungava o si allargava a seconda del flusso, del suo battito irregolare contro la riva. Vide due grovigli scuri restringersi e dilatarsi prima di fissarsi nello specchio sotto il sole del mezzodì, e intuì che erano le sue mani; provò ad allargarle, sollevando le braccia, a muoverle; e l'acqua restituì il gesto prontamente; provò a curvarsi e la sua sagoma apparve goffa; si rialzò, e vide un'ombra agitarsi sull'onda, tremolare, farsi macchia indecifrabile. – Io non sono quella lì, né voglio esserlo – provò a gridare, ma la voce non le usciva, e afferrato un sasso, lo scagliò contro la propria immagine riflessa. La pietra colpì la testa, e intorno, mentre il risucchio liberava il suo breve suono, spuntarono infiniti cerchi concentrici, fino a perdersi oltre al battito dell'onda, nella calma ritrovata del fiume. Vide la testa deformata oscillare nel gorgo dell'acqua e, dopo poco, riapparire immutata, irridente. Raccolse un altro sasso e di nuovo lo scagliò contro la sua immagine, e un altro ancora, prima che l'onda ne riassorbisse l'impatto, ricomponendo la sagoma riflessa. Finalmente si alzò, girando le spalle al fiume prima che dall'onda uscisse la sua immagine intatta, e si mise a correre lungo l'argine. Raggiunse la fine della lunga fila di pioppi, e solo allora, appoggiandosi al tronco dell'ultimo albero, riconobbe il posto da dove lui era sbucato, attratto dalle grida festose e dal suono della fisarmonica, il macigno sul quale l'aveva visto per la prima volta, come una statua. – Gli telefonerò stasera – si promise, pentendosi per aver lasciato la sua casa all'alba, mentre lui dormiva, senza salutarlo. Ma si ricordò subito del biglietto appeso alla porta, «A presto, un abbraccio» gli aveva scritto, e questo contribuì a calmarla. Poco alla volta il buonumore rispuntò – sì, le brutte stagioni sono lontane –; aveva ritrovato la cadenza delle giornate di vena e canterellava; alla prima deviazione interruppe la camminata sull'argine, controllò l'ora, riprese la strada tra le case, fino a sentire il dolore stemperarsi. Prima di attraversare la piazza, dove il sole del mezzodì l'aveva accecata schizzando d'improvviso tra i blocchi dei palazzi, aveva rincontrato la gioia di vivere.

13.

Non si videro il giorno dopo né quelli successivi. Lui era dovuto partire d'improvviso per la Svizzera interna, chiamato da un amico ricoverato d'urgenza all'ospedale di Zurigo. Aveva preso il treno di buonora, dopo aver parcheggiato la macchina a lato della grande scalinata, illuminata a fatica dai vecchi lampioni, poiché nessun chiarore naturale insidiava la notte, ancora tutta arroccata intorno alle montagne, tra i villaggi silenziosi e la città al risveglio di quell'imprevisto mattino. Bevve un caffè al bar della stazione, uscendo poco alla volta dal sonno, ed entrando nell'universo doloroso che la brutta notizia gli aveva prefigurato. – Ce l'avrebbe fatta? – pensava fissando, senza vederli, i passeggeri mattutini in attesa del treno, finché le loro ombre prendevano forma, e a quel punto li vedeva uscire dalla biglietteria, avanzare insonnoliti verso il marciapiede, arrestarsi silenziosi a un passo dal binario, girare il capo verso sud, sollevandolo leggermente, dopo aver controllato la lancetta dell'orologio sospeso sopra il sottopassaggio: il treno sarebbe sbucato di lì a poco dalla macchia nera sotto la montagna, sferragliando. E fu così che, sferzati dal rumore del convoglio in arrivo, vide di nuovo i volti dei passeggeri: salivano in fretta, non senza accalcarsi, e in quello scontato precipitarsi pensava all'amico ricoverato, e poi subito alla figura di lei: la sua ritrovata voglia di vivere si urtava con la sorte sfortunata dell'amico. – È la legge della vita – concluse, mentre il treno, al fischio del capostazione, aveva ripreso la sua corsa verso il Gottardo.

Prese posto accanto al finestrino, sistemò la valigetta sulla mensola, dopo aver tolto il libro che vi aveva infilato prima di partire, lo posò sul sedile accanto senza aprirlo, appoggiò il capo sullo schienale e ascoltò il treno scivolare sui binari.

Lo stesso rumore sentì due giorni dopo, rientrando; di nuovo il capo premuto contro l'appoggiatesta, e la notte avanzata che incombeva sui villaggi, tra il Gottardo e la città. L'amico era stato operato d'urgenza, ma la diagnosi era meno sconfortante del previsto. «Un brutto infarto» aveva detto l'assistente, prendendolo a parte. «Gli abbiamo applicato un bypass.» Sul rovescio della busta sfilata dal taschino, esattamente sotto la scritta «Kantonspital» aveva tracciato uno schizzo. «Abbiamo costruito un piccolo ponte, da qui a lì, perché il sangue superi l'ingorgo e giunga regolarmente al cuore.» Premette più volte con la punta del pennarello dove si era formata l'ostruzione, lo fissò, «vede, nulla è irreparabile, se si giunge per tempo» premette con la punta un'altra volta sulla busta, lo fissò di nuovo «il suo amico è arrivato per tempo, anche se per poco. Certo, si tratta di un brutto infarto, dovrà mettersi in riga, ma se la caverà.»

Il battito delle ruote sui giunti dei binari tornò a farsi secco e percettibile, dopo la sfuriata lungo la pianura: si era oramai in prossimità della stazione, il treno aveva rallentato la corsa, oltre il finestrino le luci passavano regolari nelle loro cellule di vetro smaltato, in cima ai lampioni. I pochi viaggiatori sfilarono verso le uscite. Scese per ultimo dalla scaletta, attraversò rapido l'atrio della stazione: si guardò intorno e vide l'ultimo tassì sparire oltre il viale. – Se la caverà – pensò, e si sentì per la prima volta rappacificato con se stesso. La vita cominciava a toccare anche il fisico, non c'era scampo. Per ora aveva colpito l'amico, e quell'inciampo, non più dovuto al caso, a un incidente, era più di un semplice segnale: il tempo avanzava inghiottendo la giovinezza. Si fermò e accese una sigaretta. Faceva freddo, e il fumo si condensò in una nuvola grigia, sospesa. La vide sostare poco oltre l'altezza degli occhi, poi salire leggermente, nel chiarore mesto del lampione, oltre il quale la notte incombeva. Sentì l'esistere come un pianeta lontano, inafferrabile, lo stesso che aveva sognato più volte nei primi anni dell'infanzia, ma senza magia: non era più possibile liberarsi dal peso degli anni, abbandonarsi senza riserve. E l'amore?

In auto, alzò il volume della radio per sfuggire ai pensieri, ma la musica gli fece sentire, più intensamente di prima, la fatica del mondo. Questo era il timore che lo inquietava, ma nella notte incombente provò a reagire pensando a lei: che cosa farà, si chiese; risentì il timbro della sua voce, il profumo. – Mi avrà cercato, le avrei dovuto telefonare, avvertirla della mia assenza.

Si sentiva stanco, ma non aveva voglia di dormire: socchiuse gli occhi e si lasciò invadere dalla voce grave del violoncello. Immaginò la fibra sottile dell'arco accarezzare le corde dello strumento, e dal loro sfiorarsi sgorgare il suono leggero, e questo precipitare nel ventre oscuro di legno pregiato impregnato di vernice misteriosa, prima di risuonare nella sala da concerto. Riaprì gli occhi all'applauso, mimando la mano sinistra del solista, coi polpastrelli ancora arrossati dal lungo premere sulle corde, nella ricerca delle note.

Avviò il motore. Guidava piano; all'incrocio, invece di entrare nella cantonale, svoltando a destra, come al solito, proseguì fino all'altra traversa; di qui, superando la rotonda, in pochi minuti raggiunse la casa di lei. Le persiane erano accostate, non filtravano luci. Si fermò davanti alla porta, la stessa che aveva superato per la prima volta in occasione della festa, dopo l'incontro al fiume. Sembrava più alta e misteriosa ora, immersa nell'ombra, fasciata dal silenzio, e nel riverbero notturno anche la rigida volta dell'atrio appariva più ampia e profonda.

Osservava il nome scritto a mano, sotto il campanello; subito dopo scivolò via: si tuffò nella notte, di colpo illuminata dalla luna, sbucata tra le nubi, perfettamente rotonda, sull'altro versante della valle. La rivide apparire di nuovo nel cielo, dopo una rapida eclissi, mentre attraversava il ponte sul fiume; argentata e discreta, così simile a quella luce che portava dentro di sé.

14.

L'aveva chiamato la sera stessa, dopo cena; ci aveva pensato più volte nel pomeriggio, rientrando in ufficio e sfilando, senza apparente turbamento, davanti all'immagine di Venezia. L'avvocato non era ancora rientrato, e la stampa campeggiava sopra il suo trono vuoto. Classificò con perfetta diligenza la copia della lettera destinata all'archivio, ridiede ordine alla corrispondenza rimasta sul tavolo, contraccambiò con insolito calore il saluto della collega. L'avvocato non sarebbe tornato fino all'indomani, perché chiamato a difendere l'imputato in un difficile processo. S'immaginò il tribunale con la giustizia schierata: l'accusa, la difesa, i giudici, l'imputato. Le era sembrato per anni un luogo estraneo al suo mondo, e mai c'era voluta entrare, finché non venne chiamata a deporre in una circostanza dolorosa. Ed era rimasta confusa, entrando, poiché non riusciva a capire se ciò che aveva di fronte era il teatro che era sceso nella vita o era la vita che si era trasformata in un immenso palcoscenico. L'imputato sì l'aveva colpita: era l'unica figura in carne e ossa sulla scena di cartapesta: si ricordava il suo inutile gesticolare, gli occhi spiritati, l'evidente sproporzione tra la sua colpa e il cinismo del mondo. – Era simile a quest'altro imputato? – si chiese, immaginando la stessa solitudine, la stessa disperazione davanti ai giudici in toga: colto da un raptus di follia, aveva sparato al suo capo, dopo anni di sopportazione di continui soprusi. Era andato fuori di senno e si era fatto giustizia da solo: nella tesi difensiva l'avvocato aveva puntato molto su queste attenuanti. Ma nel ricorso che aveva battuto al mattino, nulla di questo appariva: le ragioni addotte per il rinvio del processo erano tutte di carattere formale, come la legge prevedeva; eppure non dovevano essere servite a nulla, poiché l'avvocato non era rientrato allo studio.

Fu a quel punto che sentì il bisogno di chiamare lui al telefono, e dopo varie titubanze il suo indice formò il numero che oramai conosceva a memoria: non c'era. Ci riprovò più tardi, ancora una volta senza successo; e quando, l'indomani, dopo altre indecisioni, tornò di nuovo a chiamarlo, e nella cornetta risuonò a lungo il segnale monotono senza risposta, insieme alla delusione ebbe un gesto di stizza. Sentì che la ritrovata felicità dipendeva da lui, sfuggiva al suo controllo, e questo la irritava. Camminò più volte avanti e indietro nella stanza dove le scrivanie erano isolate da semplici pannelli, e per la prima volta da quando l'aveva incontrato sentì insidiata la sua libertà ed ebbe paura di tornare a soffrire. Incapace di calmarsi, si lasciò invadere da insopportabili presentimenti, così come le era accaduto in altre stagioni, e più il tempo passava, più l'ansia aumentava, finché fu sera; e sebbene fosse tornata a casa sfiancata dalla tensione, non riuscì a trovare rifugio nel sonno: dopo inutili tentativi, non le rimase altro che ricorrere ai sonniferi.

Il telefono squillò soltanto l'indomani, di buonora.

«Sì, sono io» rispose lui con voce decisa alla sua replica. Riuscì a dominare il subbuglio interno, trattenne la valanga di domande che premevano, aspettò che fosse lui a parlare, e benché insonnolita colse ogni sfumatura delle sue parole. Solo alla fine, quando sentì scaricata la tensione, le sfuggì «potevi dirmelo»; se ne rese conto, temette di essersi scoperta, cercò di rimediare tempestandolo di domande sulla condizione dell'amico, ma ebbe subito la sensazione di essere tornata prigioniera di quell'ingorgo psicologico che opponeva la felicità alla libertà, il bisogno d'amare alla sofferenza. – Era impossibile uscirne? – si chiedeva, mentre la voce di lui la faceva palpitare, ma erano quelle stesse palpitazioni, cui sentiva di non poter fare a meno, a sconcertarla. Non bastavano le ingiustizie del mondo ad amareggiarle la vita? La figura dell'imputato riprese il sopravvento, se lo immaginò di nuovo simile a quello che si era trovata davanti in quel lontano processo, disperato e gesticolante, ma così non era, le avrebbe detto l'avvocato rientrando allo studio, il suo cliente aveva l'aria di un uomo mite e rassegnato, e la disperazione si era sigillata nel silenzio in cui si era chiuso dopo gli spari. «L'aveva ucciso?» chiese lui col tono di voce mutato.

«No, lo avevano salvato, anche se la prognosi era stata sciolta molto tardi.»

Rimase un istante silenziosa, poi osservò: «Ma com'è possibile che non ti ricordi? ne hanno parlato tutti, c'è stato clamore.»

«No, non ricordo bene... ma quando è successo?»

Lei provò a ricordare, ma le era difficile esser precisa: il tempo correva, dilatava i fatti, li disperdeva. L'aiutò il ricorso inoltrato da poco per rinviare il processo: «Nell'agosto di un anno fa» disse d'improvviso.

La voce di lui tornò a ronzare nel telefono: «Ero in viaggio lo scorso agosto, ecco perché non ricordo nonostante il clamore, perché ero in viaggio.»

Fu lì per chiedere notizie di quel viaggio: la incuriosiva ciò che lui aveva fatto prima di conoscerla, ma si trattenne, memore del suo silenzio in una circostanza precedente, e questo le sembrava il momento meno adatto per ritentarlo, anche se le sue reticenze la irritavano. Tornò all'imputato: «Era un uomo esasperato, provato da troppe ingiustizie.»

«Capisco» bisbigliò la voce di lui all'altro capo del filo, «ingoia oggi, ingoia domani... i nervi cedono.»

«Sì, è così» interloquì lei «gli sono saltati i nervi.»

«Ma ciò non autorizza a sparare» proseguì lui, «a farsi giustizia da solo, anche se alle volte sembra l'unica soluzione praticabile.»

«La violenza non risolve nulla, lo so. Ma chi è più violento» aggiunse lei «colui che spara, esasperato, fuori di senno, o chi lo riduce a tali condizioni?»

«È la nostra società a produrre violenza, con le sue ingiustizie, le discriminazioni, i meccanismi perversi, la finta legalità, il cinismo. Alla fine sono sempre i più deboli a soccombere. Mi piacerebbe conoscere la storia di quell'uomo, le ragioni che lo hanno spinto a quel gesto» concluse.

Lei restò silenziosa: condivideva per intero le sue riflessioni, ogni giorno ne aveva le prove, sfogliando gli incartamenti che l'avvocato le passava, ma temeva che il disgusto che lui provava finisse per farle detestare il mondo, aumentandone il disamore. Questo la preoccupava, poiché aveva ancora voglia di abbandonarsi alla vita, di divertirsi. O non era possibile conciliare l'una e l'altra cosa?

«Ci sei ancora?» chiese lui, rompendo il silenzio.

«Sono molte le cause all'origine di quel gesto» lei riprese, abbandonando la sua riflessione e cercando le parole adatte, «se ne conoscono alcune, suppongo, altre no, e non è detto che siano le meno importanti.»

Lui percepì il mutamento di tono, la sentì tesa, preoccupata. Non andò oltre.

«Lo so bene. La vita è piena di misteri, e l'uomo è un groviglio. Quando pensi di averlo capito ti accorgi che non è così, e tutto comincia da capo. È la sua ricchezza e il suo limite. Ma vi sono fatti che non possono essere subiti passivamente, messi in conto alla sua soggettività. Altrimenti si giustifica tutto, l'ingiustizia in primo luogo.»

Cambiò discorso: s'informò della sua salute, di ciò che aveva fatto nei giorni precedenti, non mancò di alludere al loro rapporto e a sua volta cercò di interpretare, dalle sfumature delle risposte, se avesse sentito la sua mancanza.

Lei restò sul vago, senza accontentarlo né deluderlo, ma fu lieta di accettare il nuovo incontro proposto per la sera stessa, al bar sotto i portici, poiché lui, così disse, già doveva scendere in città.

15.

Due anni dopo, quando tornarono a incontrarsi sotto la mensola carica di trofei della società di basket, il bar era semideserto. Era arrivata per prima; senza levarsi il mantello color bottiglia acquistato in una breve vacanza francese, si sedette in fondo, all'ultimo tavolino, tolse dalla borsetta il romanzo appena iniziato, ne rilesse distrattamente il risvolto di copertina, sollevò il capo e guardò di nuovo verso la porta. Ebbe appena il tempo di riportare lo sguardo sul libro e di nuovo, velocemente, sulla porta, che la sua sagoma apparve accanto alla vetrata, l'attraversò in un baleno, ottundendo la luce di quella giornata grigia, già a ridosso dell'inverno. La porta si aprì di scatto e la striscia di luce riflessa piombò nella parte buia del locale: tagliò la fila appesa dei giornali, illuminò i trofei accumulati sulla mensola, e per un attimo precipitò sul volto di lei, accecandolo quel tanto che le permise di simulare la ragione vera della sua irritazione. Lui la guardò con timore, quasi con paura, assalito da quell'ansia che non lo avrebbe più abbandonato.

Aveva la voce leggermente alterata; si scusò per il ritardo dovuto a un imprevisto sul lavoro, la osservò di nuovo scrutandola oltre la retina gelida degli occhi, le prese la mano con calore, ma la lasciò subito, avvilito dalla sua ostentata indifferenza. Allora sentì premere dentro l'amarezza che avrebbe accompagnato i suoi anni futuri, e per la prima volta da quando stava con lei, provò quel senso di vuoto che rende insopportabile la vita. Lei avvertì il suo disagio; si sentiva colpevole e divisa fra ciò che di lui l'attirava e ciò che la allontanava, ed erano ora l'uno ora l'altro a prevalere, in un subbuglio doloroso, di cui le sfuggiva la portata, che la rendeva a un tempo dolce e sprezzante.

Il suo silenzio era una distanza incolmabile tra due mondi che si staccavano lentamente, perché quella era la verità che l'aveva spinta all'incontro, anche se non era per nulla sopita l'idea che non fosse così, e che il luogo in cui erano avvenuti in precedenza gli appuntamenti d'amore potesse rimuoverle dentro i sentimenti che sembravano scomparsi.

«Sei stanca?» disse finalmente lui sopraffatto a sua volta dal prolungarsi di quel silenzio. La fissò negli occhi chiari per coglervi la luce che avrebbe preceduto la risposta. «Sì, sono stanca. Si vede?» Finse di credere alle sue parole, e continuò la sua parte: «Ho avuto una giornata pesante, un altro processo in vista, un altro noioso incartamento da preparare, con l'avvocato sempre alle costole, e la scadenza che arriva, ed è una tortura per tutti.»

Lui apprezzò il momentaneo armistizio, guardandola con dolorosa riconoscenza. Avrebbe voluto amarla ancora ed esserne ricambiato, ma sentiva che era un tempo lontano, troppe cose precipitavano dilatando ciò che li aveva avvicinati.

Accese una sigaretta, lei fece altrettanto; si guardarono scambiandosi frasi inoffensive, dove ognuno cercò di cogliere sotterranei significati: nel frattempo altri avventori erano comparsi e avevano preso posto ai tavolini; notava con stupore di non esser riuscita a dire ciò che le premeva, poi fu contenta di non averlo fatto, si sentiva confusa; lo fissò, e sentì la sofferenza che il volto disarmato celava. Non sapeva cosa fare ed ebbe voglia di piangere; dominò i singhiozzi, posò la mano sulla sua, facendogliene sentire il tepore. Lui restò silenzioso, col capo chino e la mano nascosta nel calore incerto della sua, poi tornò a guardarla: «Vedrai che passa, sono momenti difficili» le disse, mentre il bar si era affollato e il rumore sovrastava le parole. «Andiamo a casa, a casa mia» aggiunse. Lei restò un attimo indecisa, poi lo seguì verso l'uscita, fino al piazzale, gli circondò la vita. Guardava gli alberi neri, dalle braccia spalancate.

Da quando s'era stabilita nella casa di lui in mezzo al villaggio, dietro la piccola piazza circondata dagli ippocastani, non le era mai accaduto di stare lontana tanto tempo senza farvi ritorno. Quella era la sua casa adottiva, si diceva mentalmente osservandola, seduta sulla sedia impagliata nella cucina ridipinta da poco. Le case adottive sono come le madri o i padri, si prendono come sono o si rifiutano. Lei non l'aveva rifiutata ma mai era riuscita a sentirla come sua; le sue impronte mancavano, e per riscoprirle tornava ogni tanto nel suo appartamento, che aveva plasmato con le sue mani. Vi ritrovava il disordine amato, i vasi di fiori addossati, le foto di famiglia sigillate nei loro rigidi sostegni sopra la mensola del camino: i segni inconfondibili del suo modo di vivere. Sono cose che col tempo cambiano o si dimenticano, si era illusa ogni volta rientrando, ma il tempo passava e le cose non cambiavano né si dimenticavano. Le aveva accettate anch'esse, in nome dell'amore, rassegnandosi poco alla volta a quel mondo diverso dal suo, ma mai come ora, tornando dopo una prolungata assenza, aveva avuto l'esatta percezione che la distanza da loro fosse incolmabile, e più provava a negarselo, più la sentiva crescere. Si alzò presto, dopo una notte insonne: scrutò l'oscurità, la vide diradarsi oltre i tronchi degli ippocastani, e quando fu lì per albeggiare, provò una sensazione strana di infelicità senza dolore: l'angoscia pareva sospesa dall'imminente nascita del giorno che da sempre la toccava, ma via via che i riverberi penetravano nella stanza, osservava disarmata gli oggetti svelati dal loro chiarore: i mobili perfettamente allineati, i libri, i quadri, i dischi, disposti con ordine; perfino i soprammobili parevano obbedire a un disegno mentale non suo, nella loro apparente casualità. Li fissò con fastidio, uno per uno: non si riconosceva in nessuno di essi, e aveva quasi paura a sfiorarli. E quando il vecchio pendolo liberty batté l'ora, e dalla sua cupoletta argentata uscì la voce del carillon, lo sbirciò disarmata, come se quella cantilena familiare non la riguardasse. Tutto le sembrava estraneo in quella casa che non era riuscita ad amare: questo era il destino degli uomini al di là delle apparenze, dell'energia misteriosa che li muove l'uno verso l'altro, sino a declinare, consumata dalla vita, oltre il tempo dell'incanto. Accese una sigaretta, la prima della giornata, tentò di dominare l'angoscia, camminò nervosamente lungo la stanza, rasentando i quadri, fermandosi a volte per fissarne l'immagine, interrogandola, interrogandosi, in preda all'assillo del dubbio.

16.

Quando lui si svegliò e raggiunse la stanza già bianca di luce, lei camminava da tempo sulla strada dei campi. Amava quella via che scendeva lungo il crinale del villaggio, fiancheggiando l'argine da lontano, s'infilava sotto la volta delle robinie, usciva dalla loro umidità, nella stagione estiva, e dalla loro rigidità austera in quella autunnale, come ora; si abbassava tra le balze, serpeggiando, e di colpo, laddove la boscaglia era stata sventrata, si affacciava sulle onde del fiume. Le aveva immaginate nel loro scorrere verso il lago lontano, cogliendone la voce attutita dai canneti, appena prima di vederle; poi di nuovo lo spazio si chiudeva, e soltanto il bisbigliare dell'acqua resisteva, oltre il fogliame e le ramaglie, e l'odore raffermo delle pozze formate dalla piena. Si calmava, camminando; e i suoi turbamenti sfumavano nella luce dorata dal sole; dileguavano nel mattino senza rumori, nella sua vitrea dissolvenza appena turbata dal volo degli uccelli da ramo a ramo; si placavano nella corrente del fiume; risorgevano, a tratti, irritandola, agitandola. Allora il suo incedere s'induriva; camminava a scatti, nervosa, oltre la barriera delle robinie, a lato della curva del fiume, senza più udire la sua voce, o il pigolare flebile degli uccelli. L'aria fredda la investiva a folate progressive, provenienti dalle valli. Chiudeva gli occhi, e il mondo pareva rotearle intorno fino a stordirla; li riapriva lentamente, con circospezione, quando il vento s'era placato, muovendo i primi passi verso il ritorno, confusa, ma convinta che si potesse riprovare.

Si era alzato da poco più d'un'ora, quando la vide apparire sulla piazzetta circondata dagli ippocastani, con in mano un lungo stelo secco e in cima a quello la capocchia gonfia di un fiore. Era anch'esso un trofeo, lo si capiva da come lo teneva, girandolo tra le dita compiaciuta, sollevandolo. – È di buonumore – pensò, osservandola dalla finestra nel suo mantello verde con i capelli sciolti, contro il sole. – Finirà così? – si chiese osservandola nel tratto prima dell'ingresso e, in attesa del rumore della porta, fissò il braccio con cui portava il fiore: era lo stesso che la sera precedente, uscendo dal bar, dolcemente, gli aveva cinto la vita.

«Ci siamo alzati?» squillò la sua voce, dalla tromba delle scale, ancora sovrastata dal rimbombo del rumore della porta. Nulla gli doveva sfuggire di quelle parole, e meno ancora le sfumature, il tono, la loro apparente allegria. «Ci siamo alzati?» ripeté la voce già vicina e nervosa.

«Sono qui» ripose lui «sono qui.» Si affacciò all'atrio che dava sulle scale, se la trovò davanti col fiore in mano. «Hai il viso gelato» osservò sorridendole.

Lei lo fissava ricambiando il sorriso. – Sembra rinfrancato – si disse. Ma conosceva bene la sua maschera, l'apparenza dell'imperturbabilità. Cercò di spingersi oltre quella barriera, dove s'era annidata la paura della sconfitta. La temeva a sua volta, benché se ne sentisse all'origine: ed era quel senso di colpa a stordirla, a confinarla nel dubbio. Si chiese se quel volto magro che la scrutava fosse lo stesso che aveva amato quando le era apparso in quella estate sul fiume. Sì era lo stesso, ma senza la sua forza magnetica, come se, dal suo interno, fosse stata sopita la luce. O era lei a non riconoscerla più? Gli sorrise, respingendo le insidie del dubbio, e toccò a lui, questa volta, ricambiare.

La osservava camminare risoluta fino alla biblioteca: lì individuò la copertina giallo-ocra del libro di botanica, lo prese, lo sfogliò.

«Non può essere che un papiro» sostenne, voltandosi.

«Di che cosa parli?» chiese lui a mezza voce.

«Del fiore che ti ho portato.»

«Confesso di ignorare l'esistenza di un fiore con quel nome.»

«E invece esiste e te l'ho portato.»

Lesse ad alta voce, scandendo le parole: *Pianta acquatica delle Ciperacee, ad alto fusto, terminante in un ciuffo di foglie a corona, da cui gli antichi ricavavano una specie di carta.*

«Adesso ho capito» interloquì lui «so di che cosa si tratta.»

«È il tuo pane quotidiano, visto che passi metà del tempo in biblioteca, ma il fiore non l'avevi mai visto, ne ignoravi l'esistenza, o te l'eri scordato. Ecco il nostro scienziato» concluse ridendo.

«Ma dove l'hai trovato?»

«Non riesci a immaginarti dove posso aver trovato un fiore acquatico?»

«Ho capito, dalle parti del fiume, vicino all'acqua.»

«Diciamo fra i canneti, negli stagni.»

«Non ci vado più da una vita, da quand'ero ragazzo. Ci si andava a giocare ai pirati.»

Si avvicinò al fiore dal lungo stelo secco, lo sollevò dal vaso di cristallo, lo guardò controluce.

«Sei proprio sicura che si tratti di un papiro?» domandò, «perché un fiore così non me lo ricordo, anche se allora non si faceva troppo caso.»

La luce del mezzodì illuminava i suoi occhi scuri concentrati sul ciuffo di foglie a corona, la fronte solcata da rughe leggere recenti, disposte a ragnatela intorno alle altre, più profonde, gli zigomi affilati, il mento magro. Fu allora che lei ebbe un breve sussulto: aveva deciso di riprovare ed era inutile tormentarsi a quel modo: solo il tempo avrebbe chiarito i suoi dubbi. Ma le era difficile dominare il subbuglio interno, soprattutto in sua presenza. – In questo modo logoro ciò che sopravvive dell'amore. – Ma subito percepiva la riflessione come un'insidia: – Se mi arrendo tutto precipita – sentendosi più che mai prigioniera delle contraddizioni che affollavano il suo animo nell'inevitabile declino della stagione dell'amore.

17.

L'ufficio al secondo piano della Biblioteca era angusto e scolorito. Vi si accedeva da una scala interna per metà ingombra di casse e di scatole, e un manifesto ingiallito appeso alla porta ricordava l'esposizione con cui s'era inaugurato lo stabile dopo l'unico restauro avvenuto trent'anni prima. Bastava girare leggermente la testa per trovarselo davanti coi caratteri turchini sullo sfondo grigio; ma il trascorrere del tempo aveva impresso su quella carta logora altri segnali: ombre, sembravano, nel loro annunciare una non più lontana fatiscenza, e bastava una giornata uggiosa, o di pioggia battente, per sentirla avanzare: così come nelle giornate afose che precedono la stagione estiva, la luce obliqua dei raggi solari, piombando su quella scritta turchina, ne sigillava la fissità. E il tempo sembrava fermarsi, dentro la stanza, tra pile di libri, schedari, formulari, distribuiti nei massicci scaffali, addossati alle pareti, fino a lambire il soffitto. Neppure i rumori della città vi giungevano; o vi arrivavano attutiti, come echi di un mondo lontano e irriconoscibile: lo si ritrovava di sera, uscendo, attraversando la sala di lettura al piano inferiore, con la vetrata che dava sui giardini, e lo spazio largo irrorato dalla luce riflessa smorzata dall'ombra degli alberi che cingevano la palazzina. La città era già buia a quell'ora, e solo dopo la piazza, avvicinandosi alla via principale, la gente sfilava frettolosa sotto la luce gelida dei lampioni o quella colorata delle insegne dei negozi e dei caffè, simili a quelli dei grandi centri frequentati qualche anno prima: solo lo spazio circostante mutava, la sua ridotta dimensione, benché attutita dalla notte, che addolciva l'incombere delle montagne, alte e massicce, intorno alle case; correvano parallele al fiume, coi loro profili scolpiti nel cielo, dai quali parevano staccarsi le stelle prima di scivolare nello spazio per disegnare le vie celesti.

Così se la sognava la città nel chiuso del suo ufficio, tra le pareti di libri, il tempo sospeso e l'avanzante fatiscenza; un mondo superstite alle violenze che lo minacciavano in nome del futuro, dove l'uomo potesse riconoscersi ancora, in una possibile armonia.

Così se la immaginava, prima di attraversare la sala di lettura, dove una trentina di persone erano sfilate tra i tavoli semilucidi, appoggiandovi i volumi appena ritirati, diligentemente segnati sulla scheda dall'impiegata di turno, sfogliandoli, consultandoli; prima di oltrepassare la cintura di alberi, sgusciare nello spazio del cancello semiaperto, rispondere con un cenno di mano al saluto del bidello sbucato d'improvviso oltre il muro di cinta, inoltrarsi nella piazza grande, rallentando il passo davanti all'ombra della cattedrale, con le due statue massicce leggermente sporgenti dalle nicchie sospese sopra gli stucchi corrosi del frontale, appena sfiorati dalla luce dei riflettori; sostare davanti alle loro ombre allungate fin sul sagrato, e a quella muta del portone principale da tempo chiuso, quasi volesse impedire ai passanti l'accesso e bloccarne il pensiero.

Lasciare la piazza grande con l'ombra imponente della cattedrale, entrare nel viale incrociando la lunga sfilata dei bancari, sigillati nei vestiti impeccabili, quella degli operai delle officine, dalle apparenze più dimesse, infilarsi sotto il portico dai negozi illuminati presi d'assalto dagli ultimi clienti, sbucare sulla piazzetta del mercato, e da quella, dopo aver superato le transenne debolmente illuminate, raggiungere il parcheggio, prima di scomparire nella notte.

«Di notte» le chiese «mi danno sempre una sensazione strana, tra lo smarrimento e il timore; sembrano voler custodire il loro spazio, e il loro segreto.»

Lei lo osservò con stupore; gli aveva chiesto come aveva passato la giornata e dopo il lungo silenzio era sgorgata quella frase. Trattenne l'irritazione, cercando di capire. Senso della colpa, del pentimento, dell'espiazione, della redenzione. Tutto sembrava gravitare al di là di quel portone chiuso, nella penombra, fra le colonne.

Lei lo fissò, rinunciando a interromperlo.

«Ne portiamo dentro i segni incisi per sempre, anche se li abbiamo combattuti, nella ricerca di una diversa verità, tra dubbi e incertezze, senza il miraggio del premio finale. Il senso della vita, quello della morte: tutto discende da lì. È un segno di forza, per chi crede, poiché lo aiuta ad avanzare nel tempo; un dramma per chi se n'è liberato, e procede da solo, senza più illusioni.»

«Io non mi lascio condizionare dagli eventi in modo così decisivo, e neppure prima mi sono lasciata investire più di tanto da quei segni di cui tu mi parli» aggiunse lei con voce calma e sicura, «forse perché mi hanno soltanto sfiorata; altre cose hanno avuto il sopravvento, da subito, poi altre ancora...»

Stavolta fu lui a fissarla in silenzio, e lei si sentì giudicata: «Non nel senso che oggi è facile riscontrare: una fase scaccia l'altra, senza ragione alcuna, ogni cosa è intercambiabile, come in un gioco nel quale gli ideali, le passioni, i sentimenti hanno perso valore.»

Poi, col tono di voce appena alterato, proseguì: «Può darsi che sia stata una difesa, ma non sono superficiale.

Ho fatto le mie battaglie, ho creduto a mia volta in un mondo migliore. Non è questo che ci divide» proseguì alzando il tono di voce, «ma il modo di affrontarlo. Non mi sento di rinunciare a vivere anche se uno alla volta gli ideali in cui ho creduto stanno crollando.»

– Crollano perché non c'è nulla che li sostenga nei momenti del dubbio. Nulla di irrazionale, di divino, di cui l'uomo ha spesso bisogno per andare avanti, per non sentirsi solo. – Questo era lì per dirle, ma si trattenne, osservandola trasformata dall'improvviso risentimento; lontana, quasi nemica. Così la lasciò proseguire. «Anche a me ripugna il mondo nel quale contano solo i soldi e il potere, e non importa come si riesca a ottenerli. Ma ho anche bisogno di dimenticarlo, senza sentirmi per questo ipocrita.»

Continuava a osservarla in silenzio, ad ammirarla nella bellezza che la difesa eccitata le conferiva.

Lei avvertì il suo sguardo rassegnato, sentiva la sofferenza trattenuta a fatica, l'angoscia.

Aveva senso spingere il proprio disamore per un mondo nel quale non si riconosceva fino a quel punto? Eppure da lì era partita la crepa che stava travolgendo l'amore. Gli si avvicinò, si sedette accanto: osservava oltre i vetri la piccola piazza tra gli alberi neri illuminata a fatica dai lampioni. La conosceva bene, vi poteva camminare a occhi chiusi: aveva l'esatta percezione delle sue dimensioni, della distanza tra i lampioni e le case circostanti, tra le aiuole del giardinetto e le vie laterali, tra gli alberi e le stelle nel cielo. Riprovò l'emozione della prima volta, si ricordò della sua improvvisa paura, dell'allegria successiva, e si sentì invadere da una profonda amarezza.

18.

Pioveva a dirotto quel mattino sulle balze di terra magra che scendono verso il fiume a nord del villaggio; l'acqua batteva con un suono sordo che si perdeva nella lontananza, oltre la barriera degli alberi e i filari d'uva disposti intorno ai campi. Smise verso mezzogiorno, e dal grigio uscirono squarci di luce. Era ciò che meno sopportava: il sole accecante negli occhi e i brividi di freddo che si accompagnavano a quei temporali fuori stagione, a ridosso dell'inverno. Si sentiva spaesato: «Non si ha più la percezione del tempo, il senso delle stagioni» diceva «comincio a credere anch'io che gli interventi dell'uomo sulla natura abbiano cambiato tutto.» Altri squarci di luce forarono la massa di nubi che si erano abbassate fino a sfiorare le prime case del paese, a ridosso della montagna: socchiusi gli occhi provò a sottrarsi all'angoscia che lo spaesamento gli dava, ma non ne ebbe il tempo, squillò il telefono, e la voce, dall'altro capo del filo, direttamente dall'ospedale di Zurigo, gli annunciava l'improvvisa morte dell'amico. «Non riesco a crederci» riuscì a dire a fatica sommerso dal nuovo capitolo doloroso, poi provò a interloquire col fratello dell'amico, avvertì la sua impotenza, immaginò la disperazione della vedova, dei due figli: «sono in viaggio, dovrebbero arrivare nel pomeriggio» riprese la voce affranta all'altro capo del filo. «Lo sanno già?» riuscì a chiedere di nuovo; ci fu silenzio, poi la voce tornò a vibrare nella cornetta: «l'hanno capito.» Sentì un brivido per il corpo, le sensazioni di quando gli avevano annunciato la morte prematura della madre, all'improvviso, in una tranquilla giornata d'estate, con la stessa cautela; e benché fosse chiaro che la situazione era estrema, un filo di speranza continuò a resistere finché non la vide sul letto di morte.

«Avevo parlato con loro ieri l'altro» proseguì con voce apparentemente calma, «erano contenti perché avevano avuto conferma del suo ritorno imminente... si preparavano a festeggiarlo...» La voce del fratello tornò a farsi sgomenta: «Nessuno se l'aspettava, nessuno» e dopo un altro lungo silenzio, rinfrancato, sembrò voler affrontare il corso delle cose «se avrò bisogno ti richiamerò» rispose alla sua offerta di aiuto.

Pranzò in silenzio, da solo: lei sarebbe rientrata soltanto a tarda sera, così gli aveva detto salutandolo il mattino, per nulla contrariata dagli scrosci di pioggia che investivano il villaggio. Uscì quasi subito; camminava lentamente, oltre gli alberi della piazza, come da tempo non aveva più fatto; nella quiete meridiana si agitavano strane sensazioni, in un insolito distacco dalle cose e dal mondo; finché si trovò davanti alla casa dell'amico, con le persiane spalancate, come nei giorni di festa, e il tavolino esterno, di pietra, colmo di castagne esposte al sole per asciugare. Appena oltre, nella penombra del portico, sulla cassapanca di noce, intravide la scacchiera portata da un lontano viaggio in Russia compiuto insieme; – una stagione felice – notò fra sé, pensando subito alla scampagnata fuori Mosca, tra il fiume e le colline, in una località dal nome melodioso, Rublowa, conclusa con uno scambio di oggetti nella casupola di campagna, in fondo al podere che gli amici russi raggiungevano per il fine settimana, lasciando la città su un vecchio autobus giallo, col tubo di scarico centrale, rivolto verso il cielo, come un comignolo. Allora avevano barattato il gioco degli scacchi con la macchina fotografica, da cui avevano estratto il rullino con le immagini di quell'incontro festoso, finito con una bevuta di wodka, e l'amico appariva con quel prezioso oggetto tra le mani, in mezzo agli amici moscoviti dall'aria sorpresa ed eccitata.

Per varie stagioni quella scacchiera era stata lo strumento di lunghe serate: partite interminabili, fino alle ore piccole: davanti al camino acceso, d'inverno; o tra il fico e il ciliegio, sul tavolino di pietra, dove ora asciugavano le castagne, nelle sere estive, con l'aria fresca della valle che spezzava la calura.

Oltre la cassapanca con gli scacchi, appoggiati contro la parete di fondo, nella penombra del portico, intravide gli sci dai bastoni infilati nelle punte attraverso l'impugnatura: accanto ai suoi, quelli dei figli dai colori vivaci, il vecchio tavolo da ping-pong, la bicicletta della moglie, le coperture in plastica verde dei motorini, le forbici, le zappe e gli altri strumenti per l'orto appoggiati sopra la catasta di legna. Sostò davanti a quegli oggetti che individuava dalla strada nella penombra del portico, svelati dai fiotti di luce; con indifferenza lasciò che un'automobile lo superasse schizzandogli acqua dalle pozzanghere, che di nuovo il sole attutisse il suo fascio di luce nella cortina di nubi, e che queste avvolgessero per intero le falde della montagna, col loro silenzioso avanzare, sospinte da un'energia interna, ora che il vento s'era placato, e la giornata sembrava segnata dalla mestizia per quella morte inattesa.

Erano anni che non saliva più nella parte alta del villaggio, tra le viuzze e le vecchie case riattate, l'odore del bosco, l'incombere della montagna; il sentimento doloroso che aveva provato negli anni del distacco da quel mondo ora lo sentiva riaffiorare, ma senza più la speranza che un tempo lo generava e lo accompagnava: la morte dell'amico lo aveva reso immobile, pietrificato dentro l'urna del corpo.

Accelerò il passo avanzando tra i luoghi che avevano acceso il fuoco sacro della vita e che ora lo spegnevano, ma non riuscì a reprimere la convinzione che quella fine fosse cominciata proprio allora, mentre nasceva la speranza nel domani.

Non furono mesi felici. La morte dell'amico aveva riempito la casa di mestizia, ma il dolore si spingeva oltre l'orizzonte del mondo sensibile sul quale s'infrange l'onda dei sentimenti. Era il senso della vita a essere scosso alle radici, e ne era del tutto sommerso, benché cercasse di nasconderlo. Parlava di progetti futuri, con enfasi sospetta.

«L'estate prossima visiteremo il Messico» proclamava dopo immancabili silenzi, mentre lei lo osservava stupefatta.

Sul tavolo di lavoro aveva accumulato materiali di ogni sorta, dalle antiche civiltà Maya agli ultimi muralisti.

«Tutto è avvenuto all'insegna di una forte continuità» asseriva «anche quando, da una lettura superficiale, sembrano emergere rotture insanabili. Alla distanza, appaiono come episodi passeggeri riassorbiti dalla storia.»

Erano i segni evidenti del suo crescente scetticismo. Non credeva più nella possibilità di cambiare il mondo.

«Il Messico ieri, oggi l'Europa. Dov'è finita l'Unione Sovietica? Tutto torna al punto di partenza, o quasi, e la storia ricomincia. Ribellioni, rivoluzioni, migliaia di vite sacrificate, ideali calpestati, sconfitti. Altro che mondo migliore.»

Agitava l'ultimo saggio sul Messico, ancora fresco di stampa, le cifre comparative con gli altri paesi vicini e lontani.

«La miseria cresce ovunque nel mondo, al di là di una

manciata di stati industrializzati, come il nostro. È il prezzo del benessere di una minoranza.» Continuava senza aspettare risposta: «Non possono essere soltanto gli errori, i metodi sbagliati, la causa di tanti fallimenti. Credo sia proprio l'uomo che, secondo me, all'origine, non è affatto buono. Per il proprio egoismo, o per un privilegio, anche il più remoto e impossibile, è disposto a tutto. Se non fosse così avremmo un mondo più giusto.»

Erano le sue riflessioni che interrompevano i silenzi, o le distratte osservazioni ai tentativi di lei di spostare il colloquio su aspetti concreti della vita quotidiana. Lei avvertiva la verità che quelle parole contenevano, ma le temeva, soprattutto ora che la morte dell'amico ne aveva dilatato la visione negativa, togliendo altro spazio alla ricerca di felicità individuale.

Lo guardava con timore, ma più tentava di resistergli, più temeva di venire sconfitta, come in una sfida, dentro il vortice dei sentimenti profondi e inconciliabili, quello dell'amore, e l'altro che sempre l'accompagna: la sua fine. Ascoltava la musica da sola, quando lui non c'era, ad alto volume, più per distrarsi che per immedesimarsi: era l'antitesi di ciò che lui amava e a sua volta aveva assimilato, ma era anche la sola possibilità di resistergli, di erigere un muro dove aveva provato la vicinanza più forte, fino ad essere sommersa. Solo così le pareva possibile salvaguardare la felicità che aveva provato nell'amore. Ma la lontananza avrebbe dovuto costruirla dentro di sé, in un lento sprofondare nella propria solitudine, altrettanto amara di quella che avrebbe provato distaccandosi, perché questo era il suo dramma: la passione era tramontata, ma la bellezza dell'amore sembrava sopravviverle. Ora avvertiva l'estraneità al suo mondo, la sentiva ingigantire dentro di sé: pensava alle cose cui aveva rinunciato e che le mancavano: le feste, i balli, le scampagnate, la vita sociale: non era possibile viverle tutte insieme?

Provava una dolorosa irritazione: la vita sembrava costringerla a scegliere, l'una o l'altra dimensione, la profondità o l'effimero delle cose, poiché esse tendevano a escludersi, e nella lunga stagione che aveva preceduto la riconquista dell'amore, unendole, aveva attutito il disamore per la vita, salvandosi; ma subito dopo aveva lasciato perdere, così come gradiva lui; ora risentiva l'eco di quelle giornate, la voglia di abbandonarsi alla leggerezza, non più per dimenticare, come allora, l'assenza dell'amore, ma la sua perdita, poiché questo era un nuovo e diverso dramma della sua esistenza.

Lo fissava di nuovo, rassegnata: lo vide nel suo ermetico involucro. «Ci vediamo più tardi» disse, e uscì.

19.

Non ricordava la nebbia da quelle parti, né a piccole né a grandi strisce spezzate, sospese sulla strettoia del fondovalle, come ora; soltanto rare volte, in prossimità di furiose alluvioni, ma anche dopo, finché il vento notturno spazzava il cielo, e l'indomani sembrava ridipinto di azzurro, la nebbia penetrava tra le montagne e vi restava sospesa, a larghi banchi; o come un'enorme nuvola di zucchero filato cresciuta a dismisura in un sogno la notte dopo la sagra, tra la gioia dei bambini e la disperazione del venditore incapace di fermare nella mano il bastoncino di legno impazzito. La nebbia si alzava, sfiorando i tetti; la felicità era tutta nel perdersi nella sua umidità leggera, senza più traccia di case e persone, e più s'infittiva più l'emozione cresceva, finché il vento la sospingeva altrove, il pulviscolo diradava, e le cose riapparivano nella loro nudità quotidiana. Si guardava intorno un poco deluso in attesa che dalla valle la nebbia spuntasse ancora e il gioco riprendesse; ma accadde una volta sola, e fu di breve durata. In altura era diverso: la nebbia avanzava silenziosa tra gli alberi e pareva incollarsi ai tronchi; cancellava ogni cosa, attutiva i rumori, i sentieri non si trovavano più.

Aprì la finestra e guardò oltre la piazzetta circondata dagli ippocastani. I banchi di nebbia, sospesi sopra lo spazio chiuso del fondovalle, si erano infittiti, alzandosi:

chiudevano il villaggio, isolandolo verso sud; soltanto la punta metallica del pilone dell'alta tensione spuntava dal velo bianco, ma per poco, poiché fu a sua volta sommerso, e tutto tacque mentre si andava verso mezzodì, e l'angoscia cominciò lentamente a rispuntare. Era diversa, ora, con dentro distillato il veleno degli anni, che l'aveva raschiata dal tepore dell'incredulità. Percepì il suo bruciare, l'avanzare dentro il corpo, il depositarsi: innumerevoli cose erano accadute ma, oltre la barriera della nebbia, il mondo appariva immobile, nulla sembrava averne scalfito la gelida imperturbabilità. Richiuse la finestra; poteva solo dimenticare; o aggrapparsi alle cose sopportabili, o distrarsi. Gli restava la musica, si lasciò invadere; e quando la sua figura apparve, restò sorpreso, poiché non ne aveva udito i passi, nonostante il basso volume dello stereo.

«Da quanto tempo sei tornata?» le chiese.

«Da mezz'ora, forse anche più.»

«Da mezz'ora?»

«Sì, da mezz'ora» e aggiunse: «sono salita una prima volta fino all'atrio, ho aperto la porta, l'ho richiusa quasi subito, sono tornata di sotto, ho girovagato un po', poi sono risalita.»

«Ho capito» intervenne lui.

«Ma è già un po' che sono entrata» proseguì lei, addolcendo il tono.

«Non me n'ero accorto, hai fatto più piano del solito.»

«Ho visto che eri alla finestra, assorto nei tuoi pensieri.»

«Sì, nei miei pensieri.»

«Lo so che non sono pensieri allegri; come i miei, del resto.»

«Quelli che ti fanno tornare sui tuoi passi, prima di entrare.»

«Proprio quelli.»

«Un vero tormento, immagino.»

«Qualcosa di simile, ma è più forte di me.»

«Lo so che è più forte di te, questo è il punto.»

Si avvicinò al frigorifero, prese la bottiglia d'acqua minerale, «ne vuoi un po'?» chiese; lei annuì, vuotò a piccoli sorsi il bicchiere.

«Potremmo cenare fuori» ricominciò lui dopo un breve silenzio. «Così chiacchieriamo un poco. Fuori di qui è meglio, ti senti meno condizionata.»

Lei non rispose subito. Appoggiò il bicchiere vuoto sul tavolo, aprì e richiuse la borsetta dopo avervi infilato l'accendino, controllò l'ora, s'inoltrò nella stanza, staccò una foglia avvizzita dal sempreverde. «Si può andare» disse quasi sottovoce. «Bene, si può andare» ripeté lui, infilandosi tra le labbra una sigaretta.

Fu solo alla fine della cena che riuscì ad abbandonare i convenevoli: «Visto che non va, è forse meglio separarci» disse con ostentata sicurezza. «Ognuno a casa sua, almeno per qualche tempo.»

Controllò l'espressione di lei, la vide mutare dopo quel «per qualche tempo.»

«Ci guarderemo dentro, forse riusciremo a capire ciò che s'è inceppato» aggiunse.

Lei restò zitta, lo sguardo assente. Poi lo fissò perplessa.

«Credi che abbia senso?» disse corrugando la fronte.

Lui provò a divagare, a sottrarsi all'insidia che la domanda conteneva. Sollevando il bicchiere vuoto, fissandolo senza vederlo, rispose infine che ne valeva la pena.

«Trovo assurdo liquidare ciò che ha ridato senso alla nostra vita» aggiunse, affondando meccanicamente il cucchiaino nella zuppa inglese.

Il parlottio della sala coprì le frasi successive, e quando fu di nuovo silenzio, a tratti interrotto dal rumore di posate e di bicchieri, di piatti e di chicchere nel loro incrociarsi e sfiorarsi, la voce di lei si fece sentire per dire che non credeva molto in questi tentativi, ma che era d'accordo di provare, poiché neppure a lei, dopo ciò che aveva vissuto, pareva vero di dichiararsi sconfitta.

Poi camminarono nella notte verso l'automobile, in silenzio: e anche dopo, viaggiando verso casa, non si dissero nulla.

In silenzio, parcheggiata la vettura, attraversarono la piazzetta degli ippocastani, debolmente rischiarata dalla luna, finché lui percepì l'incombere dei corpi neri, dalle braccia alzate, e il turbamento aumentò quando le finestre della casa apparvero sullo sfondo, senza alcun riverbero di luce interna, tra le fessure delle persiane accostate. Pareva disabitata, così come l'aveva trovata tornando al paese dopo anni di assenza, e come ogni volta, puntualmente, rientrando di sera, dopo il lavoro, per troppo tempo l'aveva ritrovata. Si girò verso di lei, osservò l'armonia del suo incedere appena più lento del solito, incontrò il suo sguardo quando si trovarono alla stessa altezza, davanti alla porta; infine, sempre in silenzio, salirono le scale, ognuno col rimbombo dei passi dell'altro nelle orecchie. Lui l'aiutò a togliersi il mantello, ricambiò con goffaggine il breve sorriso; accese la radio, lasciò che le note del pianoforte si mescolassero a quelle interne del proprio turbamento, avanzò, si lasciò cadere nella poltrona, davanti alla finestra spalancata sulla notte, cercò invano l'Orsa Maggiore, poiché soltanto sulla destra, nella volta impercettibile del cielo, baluginavano frammenti di stelle, provò ancora a cercare, e solo allora, girandosi, si accorse che lei lo stava fissando. Continuò a lasciarsi sfiorare dal suo sguardo, dove l'ansia sembrava svanita; era pur sempre diretto a lui, ma prima di poter in qualche modo rispondere chiuse gli occhi, finché un senso di vuoto lo costrinse a riaprirli quasi subito, con la sensazione di galleggiare nella casa senza vita, e nella vertigine della solitudine ritrovata si sentì più che mai vulnerabile. Così, si decise ad affrontare il suo sguardo, ma lei avvertì il rischio, si irrigidì appena, e senza scomporsi, «vado a dormire» sussurrò.

20.

Radunò le sue cose di sera, poco per volta, ancora confusa dal lavoro, togliendole dagli armadi, selezionandole, riponendole di nuovo negli scaffali, quando non le sembravano necessarie per la stagione. Le avrebbe recuperate tutte più avanti, senza l'assillo del dubbio che ora la tormentava; sicché ogni oggetto compariva almeno due tre volte fra le sue mani, prima di scivolare nella valigia, o di tornare nella nicchia di legno, nell'odore appena rimosso di naftalina. A tratti si fermava: osservava le gonne portate poche volte, forse una sola, e da allora rimaste inoperose nell'ombra dell'armadio; le camicette a chiazze colorate, in voga qualche anno prima, a loro volta decadute nei suoi gusti; sembravano buffe, viste ora, ammucchiate nel ripiano alto, a lato del poncho di alpaca dalle grezze decorazioni andine, portato da un viaggio nell'America Latina, non più usato oltre quelle stagioni. Se lo ricordava bene il luogo dell'acquisto: il mercato variopinto di un villaggio nella luce azzurra del Titicaca, con gli indios rassegnati nella loro fissità vecchia come la terra, tra i silenzi delle lande intorno al lago infinito. Soltanto il suono cantilenoso dei flauti lo insidiava: scendeva dalle colline, dalle piazze e dalle strade di altri villaggi di casupole e di capanne con la gente in festa, vestita negli abiti rituali dalle antiche fogge preincaiche, sommerso d'improvviso da altri suoni, di trombe e di percussioni, e da rulli di tamburo, che i musicanti eccitati scatenavano intorno alla statua della Madonna, issata sulla portantina dagli indios al centro del corteo, e ficcata nelle loro teste, e in quelle dei loro avi, secoli prima, al tempo della conquista, dagli spagnoli, in luogo delle divinità naturali.

No, il poncho non l'avrebbe preso, per ora, e neppure il cofanetto ovale di terracotta, con le bizzarre immagini antropomorfiche in rilievo, una copia rudimentale di quello ammirato al museo antropologico di Lima, che la studentessa meticcia dei corsi serali della locale scuola d'arte le aveva modellato prima di partire. Un paio di collane sì, perlomeno il ciondolo, con l'effige dorata di Tumbaga, che le ricordava la bianca città colombiana di Popayan, distrutta dal terremoto, da cui proveniva. Vi era giunta di sera, attraversando le strade lastricate del centro col fiato sospeso, incantata dall'atmosfera che esalavano i muri dei palazzi antichi col patio interno, e sullo sfondo le persone sembravano insetti minuti dai gesti quasi impercettibili, in attesa del destino. Ma fu un destino triste quello di Popayan: di morti e di macerie.

Nello spazio attiguo dell'armadio, senza più ripiani né scaffali, penzolavano abiti lunghi, sigillati nei contenitori di plastica, e tra questi, con velette e lustrini, i costumi per le feste. Allungò la mano, li tolse dalla penombra, li sollevò, li contemplò e con un pizzico di nostalgia ne aspirò il profumo di gardenia che ancora esalavano, mescolato a quello della naftalina. Li depose lentamente nella valigia, coprendoli con lo scialle di seta chiara, si alzò sulla punta dei piedi, con le braccia tese esplorò il ripiano superiore dell'armadio, senza vederlo: tra le sue mani, svelati dalla luce dell'attiguo finestrino, apparvero oggetti da tempo dimenticati nella scomodità dello spazio o depositati in attesa di un improbabile riutilizzo: un astuccio rigido con le iniziali dorate, alcuni vecchi libri, un album di fotografie, un bauletto chiuso a chiave con alcuni oggetti di famiglia, i certificati scolastici. Aprì l'album di fotografie, sfogliò le pagine rigide, sotto il cellophane ingiallito rivide la propria immagine lontana, di bambina in posa accanto ai familiari, col costumino celeste uguale a quello della sorella, con i due pesciolini bianchi ricamati sulla destra, poco sopra le iniziali. Le immagini degli anni successivi erano state scattate in gran parte durante le gite scolastiche, erano quasi tutte foto di gruppo, in posa davanti a cattedrali, all'ingresso di musei, talora sullo sfondo di laghi o di fiumi; o durante le vacanze, con le prime agognate abbronzature: sempre più rare quelle insieme ai familiari, visibilmente impacciati nei loro abiti fuori moda, e forse anche disarmati di fronte al suo mutato modo di vivere. Nelle ultime pagine prevalevano i primi piani, con ingenue imitazioni dei modelli dominanti, visti al cinema, alla TV o su riviste: appariva soprattutto dal taglio dei capelli, dall'uso esagerato del trucco, dalla evidente assenza di naturalezza. L'infanzia era oramai alle spalle, o era lì per esserlo, e dietro quegli occhi melanconici inutilmente appesantiti dagli eccessi del rimmel s'intuivano i primi patemi dell'amore.

Richiuse l'album di fotografie, e dopo averlo ripassato con lo strofinaccio umido lo depose, in perfetto ordine, nello stesso posto del bauletto, accanto agli altri oggetti riemersi, da dove l'aveva sottratto. L'avrebbe portato con sé insieme a tutte le altre cose, così decise in quell'istante, reprimendo con ira il dubbio che di nuovo rispuntava, mentre la sua vita sfilava tra oggetti e ricordi.

Solo dopo essersi girata per ammirarsi con la collana dall'effige stilizzata di Tumbaga, nella luce dello specchio vide apparire la sagoma di lui, appoggiata allo stipite della porta. Frenò l'irritazione, fu contenta che la vedesse ritrovare le sue cose, con la naturalezza che da tempo le sembrava impedita.

«Sei tu?» chiese con voce calma, senza girarsi.

«È da un quarto d'ora che ti sto osservando, forse da mezz'ora.»

«Da mezz'ora?» riprese lei, girandosi lentamente. Appariva distesa, sommessamente felice, a suo modo, ma di una felicità queta e nemica che l'aiutava ad allontanarsi.

– Così è la vita – pensò, con devastante amarezza, ma disse semplicemente «non volevo disturbarti» e continuò a osservarla sconsolato, finché lei si sfilò la collana, la depose nel cofanetto, e, senza uscire dal cerchio della serenità riconquistata, avanzò verso di lui, sostò silenziosa dinanzi alla sua figura.

Lui osservò gli oggetti radunati intorno alla valigia, li scrutò uno per uno, gettò uno sguardo all'armadio da dove erano stati tolti, e senza più dominare l'amarezza ebbe chiaro ciò che stava accadendo.

21.

Non luccicava lembo di luna o di stelle nel cielo nero quando comparvero entrambi sulla porta. Lui camminava davanti, a piccoli passi irregolari, sbilanciato dalla grossa valigia sorretta dalla mano destra, mentre lei appariva e spariva nella sua scia, con il corpo rigido in mezzo alle due braccia tese dal peso degli scatoloni. I lampioni svelavano le figure silenziose, il loro incedere a strappi, ingiallivano i volti, dilatavano i corpi nelle ombre, finché uscirono dal cerchio di luce, risucchiati dalla notte oltre la barriera degli ippocastani.

Il rumore dei passi sul selciato s'interruppe poco dopo, seguito dallo scatto metallico della serratura, da quello più largo del baule, infine dal rimbombo delle portiere chiuse con un colpo secco. Le due sagome scure forarono di nuovo la notte, riapparvero sotto i lampioni, scomparvero dentro la casa, rispuntarono con altri involucri; gli stessi rumori di prima si udirono poco dopo, seguiti da quello improvviso del motore, con gli acuti un po' striduli dell'avvio, finché il battito tornò regolare, e la macchina scivolò tra le case guidata dai fasci di luce arginati dai muri, a intervalli, liberi, oltre l'abitato, di irrompere nella densità dello spazio notturno, svelandola, lampeggiando dentro il pulviscolo raffermo sollevato dal furgone incrociato, poi di nuovo schizzando nel vortice della notte, verso la città.

«Quel casermone non c'era» sbottò lui d'improvviso, rompendo il silenzio.

Lei guardò nell'oscurità liquefatta dalle luci dello stadio, abbassò la traiettoria dello sguardo, lo fermò all'altezza delle palazzine, e soltanto alla fine del primo blocco, sullo sfondo, intravide la costruzione massiccia. «Non c'era quando?» chiese.

Lui osservò di nuovo quella forma enorme, la sua dura imponenza, l'evidente sproporzione con l'ambiente vicino, intuì il luogo dov'era sorta, verso l'argine del fiume, sul sedime dell'ex centro agricolo, tra i campi e la boscaglia, sventrata per la circostanza.

– Questo è il mondo nuovo – pensò, ma la mente tornò subito al suo punto doloroso. Rispose: «Quando facevo questa strada le prime volte, per venire da te.»

Lei non aggiunse nulla, guardò verso la costruzione massiccia, la vide uscire dall'angolo di visuale, inghiottita dalla notte, appoggiò la mano sull'avambraccio di lui.

«Non credevo che mi avresti accompagnata, ma ci speravo. Sono contenta che tu sia venuto» concluse a mezza voce, e appoggiò la testa sulla sua spalla.

Lui fissò la strada senza quasi vederla, come se affondasse nell'oscurità, per riemergere nel sole.

«Sono sincera» lei proseguì «mi devi credere, non sto recitando.»

La macchina sobbalzò sullo sconnesso, superò il tratto in rifacimento, ritrovò poco dopo stabilità. Lei tornò ad appoggiare la testa, a sfiorare il suo avambraccio con la mano, a stringerlo come non le accadeva più da tempo, a sentirsi in preda a nuove strane agitazioni interne, a percepire la sua tristezza. Davanti alla rotonda lui rallentò, provò a girarsi, la sentì accovacciata contro il suo corpo, non la spostò, e anziché svoltare a destra, dove si trovava la sua casa, proseguì oltre l'incrocio, sotto la galleria dei pioppi, verso la collina. Salì lentamente, scansando le buche e le altre parti sconnesse della strada, e ogni volta che si venne a trovare sotto i lampioni posti all'ingresso di ogni curva, si spostò verso l'interno, evitando il riverbero di luce fredda delle lampade al neon fissate da poco nelle custodie smaltate. Nella parte alta della collina ritrovò quelle vecchie, meno efficienti ma più discrete, e quando uscì dal loro baluginare fu per inoltrarsi nell'area più boscosa, ritrovare la strada in terra battuta, la densità della notte senza rumori, e quella svelata dalla luna riapparsa nel cielo, poco più avanti, dove la parete boscosa diradava, e la città appariva nella sua improbabile lontananza, una striscia di luci sospese da montagna a montagna, nello spazio nero, attraversato dal fiume.

Avanzò lentamente, a passo d'uomo, abbassò il finestrino, e la stagione fredda non gli impedì di respirare il profumo degli abeti ripiantati e di inebriarsi un poco; soltanto più avanti, oltre l'inizio della strada asfaltata che porta alla città, sentì il corpo di lei uscire dall'apparente apatia, muoversi contro il suo, e da quell'inconsueto calore emergere la sua voce per chiedere dov'erano; lui soggiunse che si trovavano tra la città e la luna, ma che ora stavano scendendo di nuovo, «di nuovo verso la terra» lei aggiunse, «sì di nuovo verso la terra», replicò lui, cingendola col braccio e resistendo in quella posizione finché i tornanti glielo consentirono.

Quando lei di nuovo ruppe il silenzio per sapere a che punto fosse la discesa verso terra, sullo sfondo, assai prima che lo prefigurasse, solenne nella sua guisa notturna, si era profilata l'ombra compatta del muro di cinta della Villa dei Cedri.

«Dove siamo?» ripeté la voce di lei senza alterare il tono. «Dove siamo?»

«Alla Villa» lui rispose con apparente indifferenza, «alla Villa dei Cedri.»

Lei uscì dalla nicchia di calore, stropicciò gli occhi, si spostò contro il finestrino, osservò il muro di cinta soffocato dalla boscaglia, svelato a tratti dal chiarore dei lampioni, fissò l'ombra massiccia al suo interno, informe e scura, finché intravide il corpo centrale della villa, sommerso dagli alberi e malandato, ma non ancora crollato sotto il peso degli anni. Sfiorato dalla luna, appariva a tratti nella sua regale fatiscenza, con le ferite evidenti sulle pareti esposte, aggravate dall'incuria e dal tempo, dal lungo abbandono in cui era precipitato dopo la morte della Signora. Un turbinio di foglie secche sovrastò la voce di lei quando fu lì per esprimere l'emozione che provava, tentò di nuovo, ma stavolta fu il fischio del vento a impedirglielo; desistette, appoggiò il capo sulla spalla di lui, gli si strinse contro. Il vento fischiò di nuovo tra i rami. Lui avviò il motore, aggirò lentamente il muro di cinta, alzò i fari, seguì la deviazione sulla destra, con tracce sovrapposte di gomme sullo sterrato, ma non appena fu oltre la discarica di sabbia e di ghiaia, in uno spazio riparato, arrestò la macchina e si lasciò sommergere dalla massa scura del parco. Da quel versante il vento appena si percepiva: un fischio lamentoso; giungeva a ondate, da lontano, tra lo stormire degli alberi e il turbinare delle foglie secche, nel loro rigido impatto sul terreno gelato.

La strinse più forte e restò a lungo in quella posizione; la testa contro la sua, l'odore dei suoi capelli, il profumo di gardenia, il palpitare del cuore sotto la sua mano.

Poi ritornò l'amore, ed entrambi s'illusero di risentire il brivido dell'eternità ritrovata, la gioia che deforma ogni altra cosa, dilatandola nel tempo, fino a cancellarla.

«Sono felice» sussurrò lui, rompendo il silenzio, stringendole le mani, attirandola di nuovo verso di sé.

Lei si lasciò sprofondare nel suo calore, stringendogli a sua volta le mani, ma non proferì parola. Appoggiò il capo contro il suo, e lasciò che i capelli scivolassero sulla sua bocca, fino a ostruirla. Detestava i suoi silenzi indecifrabili, a volte si era persino ribellata, poiché le davano insicurezza, ma stavolta era lei a invocarli. Le parole che aveva atteso ora la irritavano, smuovevano le troppe notti consumate nella speranza, regolarmente disattesa, di sentirsi dire che l'amava per davvero.

Girò la testa verso l'alto, sul tettuccio dell'automobile spuntò l'ombra di un ramo, avanzava tremolando, poi la vide dividersi, uscire dalla visuale, perdersi nella notte.

«Come va?» bisbigliò la voce accanto.

Lei continuò a osservare l'impronta del ramo, l'apparire e sparire sul tettuccio secondo i colpi di vento.

«Bene» rispose senza girarsi.

Il tumulto dell'amore si era oramai placato e l'amarezza la insidiava di nuovo: il muro di silenzio, le parole mai dette. Sì, si era indurita, e l'amore se n'era andato. – Per sempre? – si domandò, osservando l'ombra agitarsi sulla plastica chiara del tettuccio, le oscillazioni guidate da più secchi colpi di vento, e di nuovo il fischio lamentoso: un frammento di luce lunare guizzò dal parabrezza, tracciò una striscia argentata sopra i loro corpi, si spezzò contro la portiera.

«Non hai freddo?» chiese lui, sfiorandola, e il suo viso apparve nel riverbero lunare ebbro di felicità triste: così lei lo vide, incrociando i suoi occhi.

Si ritrovarono di fronte allo spazio nero: aveva perso l'opaca densità nella quale s'erano immersi arrivando: bagnato dalla luna, appariva meno greve ora, più solenne di una vitrea fissità, nel suo correre verso l'infinito, oltre il muro di cinta che fasciava la villa. Poi lui accese la radio, note schubertiane si levarono, e parvero depositarsi nello spazio sospeso: lei infilò la mano nella sua, gli posò dolcemente la testa sulla spalla, alzò il bavero fino agli occhi e si lasciò sprofondare nella notte, piangendo in silenzio.

22.

Quando rientrò a casa e si stese sul divano a fantasticare, non poteva immaginare che quella sarebbe rimasta l'ultima serata d'amore. Inseguiva sul soffitto le ombre, così come le aveva osservate poco prima all'interno dell'automobile, nell'onda placata dell'amore. Gli bastava chiudere gli occhi e il soffitto scendeva, fino a sfiorargli la mano: scendevano gli odori e i rumori, lo stormire di foglie secche, il loro agitarsi contro i rami sospinte dal vento, col fischio lamentoso che si perdeva nella lontananza, oltre il muro di cinta della villa, tra il fiume e le montagne. – Si nasce una volta sola – pensava – e così è l'amore.

Poi ascoltò altra musica, Mozart, la Sonata KV 330, la trovò più struggente del solito; sì, anche nell'apparente lievità di Mozart convivevano gli opposti, il principio di vita e quello di morte. Pensò alle giornate future: occorreva costruirle, ridisegnare la vita solitaria col suono lontano di lei. Era ciò cui in fondo aveva sempre aspirato, gli opposti chiamati a convivere, anche qui, sfiorati dallo stato di grazia della vita, dal suo prevalere sul sentimento di morte. Ma c'era ancora? Osservò il tremolare dell'unica ombra rimasta aggrappata al soffitto, la seguì a ritroso, oltre il vetro da cui sbucava, fino alla sorgente: il ramo secco di uno degli ippocastani della piazzetta sfiorato dalla luna. Si ricordò del poeta:

Che fai tu, luna, in ciel? dimmi, che fai,
Silenziosa luna?
Sorgi la sera, e vai
Contemplando i deserti; indi ti posi.
Ancor non sei tu paga...........

– Era l'anno 1829, o giù di lì – ricordò. La luna tragicamente estatica di un grande uomo inappagato. Alcuni anni dopo Leopardi, Flaubert, appagatissimo, all'amata Louise Colet, verso la mezzanotte di un martedì d'agosto, scriveva:

> Dodici ore fa eravamo ancora insieme? Com'è già lontano. La notte ora è calda e dolce; sento la grande magnolia, ch'è sotto la mia finestra, fremere nel vento e, quando alzo il capo, vedo la luna specchiarsi nel fiume. Ho messo in ordine a parte e ben chiuso tutto quello che mi hai dato; le tue due lettere sono nel sacchetto ricamato; le leggerò quando avrò chiuso la mia. Non ho voluto prendere per scriverti la mia carta da lettere; è listata a bruno; che nulla di triste ti venga da me. Vorrei procurarti soltanto gioia e circondarti d'una felicità calma e continua per compensarti un po' quanto mi hai donato a piene mani nella generosità del tuo amore. Temo d'essere freddo, secco, egoista, e tuttavia Dio sa ciò che, in questo momento, avviene in me. Che ricordo! e che desiderio!...

Controllò l'orologio dopo aver chiuso il libro. Mezzanotte era trascorsa da un pezzo, ma da non più di due ore si era congedato da lei. Si alzò dal divano, e senza ferire l'oscurità che lo circondava, aiutato dal chiarore della luna, si avvicinò alla scrivania, e dopo anni, per la prima volta, sentì il bisogno di scriverle.

«Stanotte ho ritrovato la felicità... È una felicità che nasce dal dolore, lo so bene, dal sentimento della perdita, evitata quando sembrava oramai certa. Ma la felicità è grande poiché proporzionale alla sofferenza sopportata, la quale, credo, più di ogni altra cosa, esprime in tutta la sua ampiezza ciò che tu sei per me. C'è voluto tanto per capirlo? ti chiederai. Più che per capirlo, per averne la consapevolezza, e per esprimerla. Alle volte, le cose più profonde si annidano dentro di noi, maturano e crescono in silenzio, senza clamore, dopo l'effervescenza iniziale. C'è chi le esterna a gesti, a parole.

«Ma c'è anche chi è diverso, non dà conto in modo esplicito dei propri sentimenti. Preferisce proteggerli, per natura, per educazione o per altro, soprattutto quando il mondo in cui viviamo ci logora, poiché la caduta progressiva degli ideali in cui abbiamo creduto ci fa sentire più soli e disarmati. L'amore non è immune da questo logorio e, paradossalmente, mentre è chiamato ad aiutarci sul piano individuale, risente a sua volta dello sforzo, rischia di sfasciarsi insieme al resto, e di trascinarci nella sconfitta. È il nostro destino?

«Ci siamo andati molto vicini, lo so, e a un certo punto, nel mezzo delle difficoltà, ci siamo sentiti estranei, persino nemici. Forse ci siamo anche odiati. Amati e odiati. Questa è la nostra vera disperazione.

«Bastava parlarsi, spiegarsi? Forse sì, ma ti giuro che non mi era possibile, era più forte di me, mi devi credere.

«E sono sicuro che ieri sera l'hai percepito.

«O mi sbaglio? Aspetto un tuo segnale.

Ti abbraccio.»

Rilesse la lettera: esprimeva ciò che sentiva e gli premeva dire, anche se l'ansia che ne aveva accompagnato la stesura aveva enfatizzato il pensiero. La rilesse ancora, cancellò e riscrisse la frase «È il nostro destino?» indugiò sulla forma di commiato: avrebbe potuto far seguire la locuzione «Aspetto un tuo segnale» da un pensiero più coinvolgente, ad esempio: «ora che ci siamo ritrovati», o farla precedere da un'affermazione che potesse attenuare il dubbio racchiuso nell'interrogativo «O mi sbaglio?» Certo, avrebbe potuto aggiungere o togliere molti aggettivi, correggere altre frasi, inserire abbellimenti, ribadire la felicità ritrovata. Doveva riscriverla tutta? Eppure, alla fine, si sarebbe trovato di nuovo sommerso dai dubbi. La firmò, rinunciando ad aggiungere il Post Scriptum relativo ai suoi impegni settimanali, e alle possibilità d'incontro, la piegò in quattro, e finalmente la infilò nella busta, che chiuse e affrancò.

Solo a quel punto si sentì assalire dalla stanchezza, si alzò, controllando l'ora sul vecchio pendolo. Erano le sei passate: si avvicinò alla finestra, guardò oltre la barriera degli ippocastani, e in fondo alla volta del cielo nero, tra le guglie delle montagne, intuì leggere trasparenze vermiglie: la notte cominciava a sfaldarsi, e una luce fredda, ossidata scendeva dal cielo: non ricordava da tempo immemore quell'albeggiare invernale; aveva una densità misteriosa che lo affascinava e lo inquietava come la felicità sospesa che aveva ritrovato nella notte.

23.

Restò a lungo ferma sulla porta, dopo averlo salutato, gli occhi affacciati sullo spazio notturno, senza vederlo né percepirlo, immobili, tra il fiume e le montagne, dove la macchina si era dileguata; quel brivido riprovato e subito frenato, ora le premeva dentro: aveva avuto la sensazione, che fossero gli ultimi sussulti della lunga vicenda d'amore, insidiosi come ogni atto estremo, ma da cui era decisa ad affrancarsi. Richiuse la porta non appena il freddo cominciò a devastare il suo perdersi anche fisico dentro la densità della notte, e sentì il corpo gelare attorno al groviglio dei sentimenti

Avanzò nel corridoio tra le immagini dei manifesti appesi ai muri che facevano ala al suo ritorno; così le sembravano ora, nella loro fissità quasi solenne. Spezzò la ragnatela sospesa tra lo stipite e la maniglia della porta del salotto, che sospinse verso l'interno, ed entrò soltanto dopo aver dominato il brivido per la fotografia appesa sopra il camino, attraversata da una striscia di luna: era distesa accanto a lui, ai margini del fiume, con la testa appoggiata alla sua, gli occhi chiusi.

Accese la lampada e la stanza apparve nella sua dimensione naturale, senza ombre inquietanti e fiotti di luce radente. Sul divano, restò a lungo ferma, chiusa nel mantello col bavero ancora sollevato, mentre gli occhi, lentamente, si posavano sugli oggetti, coi quali, non più solo fugacemente, tornava a condividere la vita. Uno per uno li immaginò emergere dal loro abbandono, riprendere la funzione primitiva, il loro posto vitale, come per i vasi di fiori che erano stati accostati al muro, tutti insieme, sotto la finestra centrale. O come per le dispense di botanica, accatastate alla rinfusa accanto allo stereo, ancora dentro al cellophane da quando era andata a vivere con lui e nell'appartamento capitava di rado. Allungò la mano, ne afferrò una copia, lesse il titolo, il numero, la data, ma anziché sottrarla all'involucro di plastica, tornò a metterla sopra le altre sbadigliando. Cercava di resistere alla stanchezza; verso la camera da letto si sarebbe diretta solo più tardi, con la luce dell'alba dilatata nel biancore che s'intravedeva attraverso le persiane.

Bevve un tè a rapidi sorsi, contemplando i riflessi a piccole macchie sfrangiate che si stampavano sulla parete: orme inafferrabili di luce riflessa. Tremolavano nella penombra, mentre assisteva, incredula, dopo anni, alla nascita del giorno. Provò a gustarlo, come tante altre volte aveva fatto negli anni lontani: alzò la persiana, e lasciò che la luce le accecasse gli occhi fino a stordirla. Larghe chiazze nere irruppero negli spazi di luce e lo smarrimento subentrò all'eccitazione iniziale.

Riaccostò la persiana, si strinse nel mantello, si allungò di nuovo sul divano, chiuse gli occhi: in quella stanza, addobbata a festa con entusiasmo, era iniziato il preludio dell'amore. Ma era servito a qualcosa? Tutto tornava al punto di partenza. Si alzò nella penombra della stanza, accostandosi alla libreria: nel ripiano superiore, appoggiate ai volumi, erano allineate le cartoline che lui le aveva mandato dai suoi viaggi. La prima, da Parigi, recava un'inconfondibile figura di Giacometti: *Homme traversant une place*. Accanto alla didascalia di quell'uomo solitario alto e filiforme ma dai piedi massicci e dalle mani enormi, accanto alle parole che indicavano con semplicità sconcertante il suo smarrimento nel mondo, accanto a quel fantasma, aveva vergato il suo primo saluto, con la firma indecifrabile. La seconda cartolina l'aveva inviata da un altro luogo lontano, una città mediterranea, solare, stavolta, Nizza, e l'immagine era una figura femminile di Matisse, azzurra come il mare di mezzodì, o come il cielo. Era scivolata sul ripiano della libreria, quasi adagiandosi per un lungo, definitivo oblio, nascondendo ciò che lui vi aveva trascritto dal volumetto acquistato dall'antiquario accanto al museo: alcuni versi di una poetessa che le era del tutto ignota, allora, Emily Dickinson:

Per ogni istante d'estasi
dobbiamo pagare un'angoscia
in dolorosa e tremante misura
con l'estasi.

Per ogni ora diletta
acerbi compensi di anni,
monetine amaramente contese
e scrigni ricolmi di lacrime.

– Un presagio? – pensò, raddrizzando la cartolina tra le altre, – o un esorcismo? – Osservò di nuovo la cartolina con la sua immagine di gioia, e subito, prima di tornare a fissarla, posò lo sguardo sulla figura di quella accanto, l'*homme traversant une place*, il suo avanzare sonnambulo fra gli altri uomini. A quel punto, ripensò ai versi di Emily Dickinson. Non aveva mai amato molto la poesia, anzi, per anni le era sembrata una cosa estranea, persino assurda, uno sfogo bizzarro delle passioni e dei tormenti dell'uomo. Ma quei versi l'avevano colpita, anche se l'accostamento all'immagine solare di Matisse le era parso temerario. «Per ogni ora diletta...» rimasticò lentamente. Era forse il primo verso che ricordava a memoria dagli anni della scuola, e sentì un brivido di freddo attraversarle il corpo, come quando aveva la febbre.

24.

Erano a metà della cena, o poco oltre, quando riuscì a spezzare il silenzio e con irritazione le chiese se l'aveva invitato solo perché promesso, o se l'ostilità era dovuta a ragioni che gli sfuggivano. Lei alzò le spalle, senza rispondere: anziché le parole, ancor più distinto di prima si udì il rumore delle posate nel loro impatto con la maiolica dei piatti e il tintinnare dei bicchieri. Tornò alla carica e di nuovo avvertì la sua irritazione: non era questione di umore, una barriera si era alzata contro la quale si sarebbero frantumate le speranze riaffiorate nella recente notte d'amore. Continuò a mangiare silenzioso, ingoiando a fatica i pezzetti di trota che spolpava nervosamente, come fosse una costata filacciosa aggrappata all'osso; più che mangiare beveva, ma il vino, anziché sospingerlo verso le nebulose di un'eccitazione allegra, aveva l'effetto opposto, gli rendeva più chiara la fine delle illusioni e dolorosa la sera. – L'aveva fatto cinicamente? – si chiese, fissandola disarmato, replicando con insofferenza alle sue domande inutili, su temi marginali. Osservava i capelli lunghi, disciolti sulle spalle come nelle serate di grazia, gli occhi appena più freddi del solito. Sì, forse quello era un sintomo del suo mutamento interiore, più che il volto teso, e la lieve ragnatela di rughe che spuntava intorno agli occhi nei momenti di stanchezza o di contrarietà. Ma era il tono di voce a sconcertarlo: più la sera avanzava, più si faceva arrogante.

Non l'aveva udita mai sfiorare senza ragione le zone impervie dell'asprezza, e lei stessa ne doveva avvertire gli eccessi, accentuandone tuttavia l'impeto, invece di smorzarlo, poiché attribuiva le colpe al suo prolungato egocentrismo, che l'aveva esaurita, giustificando così il suo sconfinare nell'offesa.

Ebbe una crisi nervosa, scoppiò in un pianto isterico, rovesciando oggetti e suppellettili; uscì dalla stanza imprecando, rientrò, lo invitò ad andarsene, lo scongiurò di restare, tornò ad aggredirlo, ad attribuirgli le cause della propria infelicità. Raggiunse la camera, si sdraiò sul letto singhiozzando, si calmò, riprese a singhiozzare, a imprecare, ebbe una nuova crisi di nervi, finché poco per volta, placato il tumulto, si stese di nuovo sul letto, gli occhi fissi al soffitto, attratti da un'ombra irregolare, come un cerchio enorme, sfrangiato, sgusciato tra le persiane semiaperte. Lo vide restringersi, allargarsi, oscillare tra un muro e l'altro, precipitare nel vuoto nero della porta aperta di fronte, risucchiato dall'oscurità, dalla quale emerse la sagoma pietrificata di lui. Lo fissò spaventata, dapprima, chiusa nell'involucro rigido del corpo; poi si rilassò, una tranquillità insolita la invase tutta, una beatitudine passiva, senza desiderio né sofferenza; si sentiva estranea alle cose, al mondo, guardò verso di lui quasi disarmata, lo chiamò per nome, gli fece cenno d'avvicinarsi, gli afferrò le mani, gliele accarezzò. «Non ce la faccio più» esclamò «sono esaurita, ho bisogno di restar sola.»

Abbassò lo sguardo, gli serrò le mani nelle sue.

«Mi spiace di tutto» soggiunse.

Si fermò al centro dell'atrio, dopo aver accostato la porta, sobbalzando allo scatto della serratura. Socchiuse gli occhi, la testa gli doleva; la porta alle sue spalle sembrava staccarsi dall'ombra e precipitare, e la volta rigida dell'atrio, crollare sopra il suo corpo.

– Dove mai aveva parcheggiato l'automobile? – si chiese cercando di uscire dalla cappa di piombo che gli si era addensata intorno al capo.

Camminò sonnambulo nella notte turchina, e quando l'aria gelida gli restituì per intero il senso della sconfitta, sentì in tutta la sua estensione l'imponderabile della vita. Un desiderio vago di ribellione ebbe il sopravvento, finché avvertì una sorta di febbre che gli induriva il flusso dei sentimenti, sospingendolo verso l'indifferenza. Si sentì insensibile alle cose che gli sfilavano davanti come in un film muto, entrando e uscendo dal suo campo visivo, senza appassionarlo né inquietarlo. Proseguì la camminata notturna, nessuna emozione gli suscitò il fiume che raggiunse poco dopo, nonostante la notte e i riflessi argentati della luna. Soltanto più avanti, incrociando le automobili che lo accecavano lampeggiando, uscì dall'indifferenza, riprovò l'insopportabile pesantezza del groviglio doloroso dei sentimenti, il senso di disagio di fronte all'impossibilità di ricomporre le energie contrapposte che frammentavano la vita.

– Quale armonia tra il soggetto e il creato? – osservò tra sé, ed ebbe voglia di gridare quelle parole nella notte, contro la volta dello spazio, affinché rimbalzassero dagli interstizi delle galassie lontane sugli uomini immersi nei lambiccamenti teorici intorno all'origine e al destino della specie.

– A chi mai era servito quel sapere astratto separato dalla vita? – ebbe voglia di aggiungere, e immaginò l'eco della parola, l'ondulazione fonica dell'ultima sillaba «ta...ta...ta.» No, quel sapere astratto non aveva evitato le guerre, ammutinato gli eserciti, sottratto l'uomo alle catastrofi, riscattato il genere umano dalla fame. Non aveva attutito l'odio, placata la sete di potere, incrinato quel meccanismo perverso che dall'alba dei tempi aveva messo l'uno contro l'altro. Le rivoluzioni inghiottivano le rivoluzioni, e tutto tornava come prima. No, non avrebbe gridato nulla. – È il genere umano malato alla radice – tornò a pensare come gli era già accaduto altre volte, ma non scagliò parole nello spazio, non s'apprestò a coglierne il rimbombo. Una ventata gelida lo fece trasalire, uscì dal suo osservatorio notturno, gocce d'acqua ghiacciata lo investirono, accelerò il passo, altre folate di vento lo assalirono, si ritrovò nel gorgo del mondo quotidiano, di nuovo travolto dalla sua fisicità. L'indomani sarebbe tornato a vivere senza arrendersi alla non speranza.

25.

Non furono infinite le notti senza sonno. Poco per volta riconquistò il suo equilibrio interiore, accettando l'idea che la sola scelta praticabile fosse di vivere alla giornata, senza più prospettive assolute. L'energia misteriosa che aveva inseguito invano per anni, e che l'aveva riscattata dalla convinzione di non essere idonea all'amore, era di nuovo scomparsa; ma nella stessa quotidianità che l'aveva sopraffatta, riuscì a convincersi di ritrovarla: purché si adeguasse alla mutata congiuntura della vita. Solo così le sembrò possibile riscattarsi dalla nuova sconfitta, attenuare l'amarezza che suscitava, non lasciarsi travolgere. O era proprio questo il vero fallimento? Il doversi arrendere a ciò che sempre aveva rifiutato, ma che alla fine trionfava?

Non era certo a cuor leggero che s'inoltrava in queste riflessioni, uscendo di casa quel martedì mattina, innervosita dalla giornata ventosa, ma decisa a ritrovare di nuovo il gusto di vivere. Prima di raggiungere lo studio dell'avvocato, sprofondarsi nelle pratiche da aggiornare, lasciarsi contagiare dalle traversie di troppe vicende umane, preferì compiere il primo atto verso la conquista di nuove dosi di felicità. Si liberò dal sospetto che ancora la insidiava: che questa fredda determinazione fosse figlia del cinismo, e che nulla, al di là dell'obiettivo immediato, la potesse ancora interessare.

– Il passato è solo da dimenticare – si propose varcando l'ingresso della cartoleria sotto i portici, e senza aspettare la commessa scelse i bigliettini sui quali, con la sua grafia regolare, avrebbe confermato gli inviti agli amici per la festa del sabato successivo. Li presentò direttamente alla cassiera, insieme ad alcuni fogli di carta dorata e a una scatola di colori acrilici utili per le decorazioni con le quali avrebbe addobbato la casa. Pagò il conto velocemente, salutò, controllò l'ora: non le restava altro tempo; avrebbe comperato le candele e i sottopiatti nel pomeriggio, o l'indomani, insieme alle vivande e al vino, se non fosse riuscita a lasciare lo studio con un poco d'anticipo.

L'avvocato la osservò entrare trafelata, appena oltre l'orario. Contraccambiò il saluto scrutandola sopra l'asticella metallica degli occhiali da presbite. – Sarà per via del traffico – immaginò, ma il suo pensiero fu subito interrotto. «Ho fatto tardi in cartoleria, quelle commesse comode...» L'avvocato fu sorpreso, non l'aveva mai sentita esprimersi così. La osservò ancora sfilare disinvolta tra gli scaffali e i tavoli su cui erano posati gli incarti dell'imminente processo: appariva trasformata dopo l'abulia delle settimane precedenti. – Vai a capirle le donne – pensò di nuovo, riaffondando il capo tra le scartoffie, – ieri sembrava moribonda, oggi è come una tigre... – Quando il telefono squillò e dall'altro capo del filo l'avvertirono che il medico legale avrebbe ritardato mezz'ora, a differenza del solito non se la prese troppo: «Nessuno fa risorgere i morti» proclamò ad alta voce, perché tutti lo sentissero «mezz'ora prima o mezz'ora dopo, fa lo stesso.» Si alzò, attraversò lo studio, avvertì l'impiegata della «sezione civile» che l'incontro era posticipato, finse di non vedere ciò che l'impiegata stava facendo – che scriva pure i suoi biglietti personali, purché non torni a esibire l'insopportabile faccia da Maria addolorata – pensò, ma le disse «se si fa viva una vecchietta con un figlio dall'aria un po' tonta avvertitela che l'appuntamento è spostato di mezz'ora; anzi di un'ora» scomparendo dentro la cabina dell'ascensore, e finché l'involucro metallico non scivolò nella sua nicchia verticale, nell'ufficio non s'udì altro che il ticchettio leggero delle dita dell'apprendista sulla tastiera color antracite della vecchia Olivetti toccata, come di regola, all'ultima assunta.

«Ogni volta che c'è un morto di mezzo l'avvocato sembra di umore meno nero del solito» osservò l'impiegata della «sezione civile».

«È quasi spiritoso, stamane» le fece eco la segretaria vicina, «anziché deprimerlo, le disgrazie lo eccitano.»

«Meglio agli altri che a lui, questa è la sua filosofia spicciola.»

«Non esageriamo» intervenne il contabile, «potrebbe essere una forma di difesa.»

«Una forma di difesa?» ribatté la segretaria. «Vivi o morti per lui fa lo stesso. Tutto è tradotto in termini di lavoro. Nel migliore dei casi può suscitargli qualche curiosità.»

«Un modo come un altro per uscire dalla noia dopo anni di lavoro, di vita grigia, non c'è da stupirsi. Forse saremmo così anche noi. Per me non lo escluderei.»

«Dici così perché non è trasalito al tuo ritardo?»

«Dico così perché lo credo, e non mi pare che sia il caso di stupirsi, basta guardarsi in giro. Non è che altrove si brilli per maggiore umanità. Forse, in qualche caso, c'è più ipocrisia, si fa un po' di teatro, ci si mette a posto la coscienza.»

«Siamo conciati bene, se è come dici tu. Ma non tutti sono a questo punto.»

«Non tutti? il mondo peggiora a vista d'occhio, ognuno fa per sé e degli altri poco gl'importa. Avete letto i giornali ieri? Della ragazza stuprata in pieno centro a Roma? Quanti sono intervenuti in suo aiuto? Tutti a far finta di niente. E non è la prima volta. È accaduto nel Metro di New York, nei Giardini delle Tuileries a Parigi. A Monaco hanno aggredito un ragazzo nella piazza del Mercato, a mezzogiorno, l'hanno picchiato davanti ai passanti, ma nessuno s'è mosso. È sempre peggio. Ognuno pensa soltanto per sé, evita di compromettersi, di rischiare. È una società malata, egoista, ipocrita, aggrappata al consumo, terrorizzata dalla paura di dover rinunciare a qualcosa. L'avvocato non è né meglio né peggio degli altri. È uno dei tanti, come noi, senza più il pudore di mascherarlo. Forse è solo questa la differenza: la perdita di ogni forma di pudore.»

Non stette più ad ascoltare le reazioni delle colleghe: già le conosceva, e fino a ieri vi si sarebbe identificata, invocando quei valori di cui ora constatava l'assenza. No, non poteva sostenere la completa scomparsa di ogni forma di solidarietà, in più casi, lo sapeva bene, perdurava ancora, ma era sempre più rara e legata a un mondo in via di estinzione. Come l'amore, del resto. Sentiva di aver cominciato ad adeguarsi alle nuove regole, e a tratti ne soffriva; ma era una scelta irrevocabile: avrebbe preso dalla vita ciò che le offriva, senza ripensamenti e progetti definitivi, senza più pensare a nessuno all'infuori di sé. Nella pausa di mezzogiorno sarebbe passata da casa, verificata la disposizione dei mobili, così come aveva fatto anni prima, preparando con cura gli spazi per la festa, prefigurando la serata, il ballo con i nuovi invitati, i ragazzi con cui aveva da poco allacciato i contatti, tuffandosi, come un tempo, nell'altra dimensione della vita, senza più riserve né reticenze.

26.

Non v'era riverbero di luna né di stelle quel sabato sera oltre il crinale della valle; da quelle parti la strada fa curve strozzate, sgusciando tra bricchi e dirupi, prima di stendersi sulla pianura. Le macchine sono passate quasi tutte, a quell'ora, dirette verso la città, e sono solo le ultime che scagliano lampi di luce contro il retroviso-re appeso, sgommando in fretta a strada ottenuta. La notte le inghiotte prima che la loro cavalcata si concluda in discoteca o allo stadio, dove le squadre di hockey, nei loro pittoreschi paramenti da guerrieri ammansiti, con sciabole e alabarde trasformate in bastoni, si sono già lanciate nella settimanale contesa. La strada si fa buia di colpo, dopo il loro passaggio: e solo sul lato sinistro, annunciato da un fischio assordante, il treno la illumina a rapide chiazze romboidali, prima di sparire a sua volta oltre il ponte metallico, sferragliando.

Lo slargo è immutato e lo si riconosce da lontano entrando in città: appena dopo appare la rotonda, e dopo ancora, svoltando a destra, sotto i fiotti dei lampioni e il cartello stradale divelto con la scritta spezzata, la macchina sobbalza prima d'immettersi nel breve tratto in falsopiano che porta alla casa. – Forse non ci sarà neppure – pensò lui scalando le marce, e l'ipotesi, in quell'avvicinamento tortuoso, non rimbalzò del tutto sgradita.

L'appuntamento, fissato tempo prima, forse da un mese, non era più stato confermato, e da allora non si erano più sentiti. – Potrebbe anche non esserci – concluse, quasi augurandoselo, nel timore di una sua reazione negativa.

Rallentò ancora, spostandosi del tutto sulla destra, oltre il cordolo, e solo a quel punto, quando le ruote avvertirono l'impatto sul prato, spense il motore.

Ma i dubbi non cessarono finché, alzando lo sguardo, attraverso i rami secchi, sullo sfondo, intravide la casa. Appariva un po' sfocata, vista da lì, ma l'appartamento al pianoterra, a lato dell'ingresso a volta, era senza dubbio il suo. Aguzzò lo sguardo: era completamente illuminato, ma in modo strano; la luce brillava soltanto nella parte alta delle finestre. Uscì dalla vettura, fissò le aperture rischiarate in modo insolito.

Un'inquietudine dolorosa cominciava a tormentarlo. Avanzò a passi lenti, zigzagando, spostandosi verso l'interno del parco, poi di nuovo in direzione della casa, forzando gambe e piedi. Altri spicchi di luce s'intuivano, da quella posizione, nella parte inferiore delle finestre: avvicinandosi ancora, vide che erano piccole fessure illuminate, quadratini minuscoli e cerchietti, ritagliati nella carta dorata incollata ai vetri. Non poteva illudersi; l'appartamento non era stato affittato o prestato ad altri. Troppo bene ricordava quelle decorazioni, erano inconfondibilmente sue: le stesse che aveva ammirato in una lontana sera estiva, dopo l'incontro al fiume. Avvicinandosi alla casa, le aveva guardate fugacemente, e poi, dall'interno, con più circospezione, si era lasciato attrarre dalla loro lucentezza smorzata, sotto i fiotti di luce, accanto a lei, inebriato dal suo profumo di gardenia. Per lui, allora, erano state preparate. Si fermò sotto l'ultima fila di alberi, accanto al vigneto che circondava la casa sul lato destro: ma non ebbe il tempo di attutire il proprio smarrimento, né di confondere le sensazioni dolorose con quelle suscitate dalle gocce di pioggia gelata che cominciarono a picchiettare a intermittenza sul selciato, e poi sul viso, schizzando tra gli alberi, poiché quando il vento e la pioggia si placarono, il silenzio fu breve, ben presto sovrastato dalle voci chiassose dei festanti.

Ora le distingueva nel loro confabulare: voci maschili, per lo più, impegnate in una goliardica gara a emergere; soltanto a tratti, una voce femminile, le insidiava, spesso soffocata dall'impeto della risata corale. Poi erano di nuovo le voci maschili a imporsi, sempre più grezze e rumorose, e quando, di colpo, si trasformarono in un arcaico saluto augurale, accompagnato da un applauso improvviso, intuì a chi era destinata l'attenzione: ancora insidiato dal baccano, sentì spuntare il timbro della sua voce. Era leggermente alterato dallo sforzo, e negli acuti sembrava persino stridere un poco: non se lo ricordava mutato a quel modo, neppure nei momenti di contrasto, quando sfociava nell'asprezza. Era un timbro diverso dal solito, quasi innaturale al suo orecchio, soprattutto nel crescendo, che lo fece impietrire.

– Quanto tempo era trascorso da allora? – si chiese, cercando tracce nei frammenti sparsi della memoria, e si sovvenne del gesto di stizza che lei aveva avuto uscendo dalla scuderia della villa, liberandosi dai ricordi: la sua voce metallica, irriconoscibile, che l'aveva lasciato interdetto per la prima volta. Se lo ricordava bene quel timbro freddo, come un inciampo doloroso, ora che la voce, dall'interno, era tornata a emergere, e sembrava di nuovo mutata, nel suo intrecciarsi con quella degli ospiti, stridendo ancora sulle note acute, prima di sciogliersi in rumorose risate. Non se la immaginava tanto cambiata, ma quella innaturale volgarità riuscì a sconcertarlo e persino a ferirlo: – Qual era la sua vera natura? – si chiese, e sentì come una fitta improvvisa. Negli esseri umani coesistevano più anime, e a seconda dei casi l'una soccombeva e l'altra emergeva? Si avvicinò alla finestra, ma non ebbe la forza di guardare oltre il vetro né di gridare; restò fermo cogli occhi chiusi davanti agli spicchi di luce, poi appoggiò il capo al muro, e lasciò che le parole che provenivano dall'interno gli vorticassero addosso fino a stordirlo. Soltanto quando le prime note musicali si levarono, tornò sui suoi passi: quei ritmi li conosceva. Ma fu la voce cantilenosa della fisarmonica a impietrirlo di nuovo: il ballo era cominciato un'altra volta.

27.

Non aveva piovuto quella notte; non una sola goccia d'acqua schizzata dal cielo o portata dal vento; né macchie d'olio sul fondo stradale, o tracce di frenata. La macchina aveva tranciato il guard-rail e si era sfasciata contro il traliccio della ferrovia. L'agente di polizia fissava il suo capoposto, e l'ex guardabarriere che aveva sentito lo schianto nella notte, ma che l'aveva scambiato per un sobbalzo di un articolato sulla doppia gobba appena oltre la curva, non si dava pace. «Non era ancora l'alba» continuava a ripetere; era uscito poco più di un'ora dopo, e il primo chiarore l'aveva aiutato a scorgere l'ammasso di lamiere: «un'ombra scura» aggiungeva, quasi tremando «un'ombra scura, e poi la figura dell'uomo abbracciata al volante.» Fu l'ispettore della stradale ad azzardare per primo l'ipotesi del suicidio: «Non vedo altra spiegazione» sentenziò col tono freddo di circostanza.

L'ex guardabarriere lo fissava smarrito: un suicidio in quel punto non l'avrebbe mai immaginato. Centrare il traliccio, uscendo ad alta velocità dalla curva, dopo la gobba, sembrava un'impresa da acrobata, più che da suicida. Troppi fattori dovevano coincidere, era più facile mancarlo che effettuarlo, così pensava, considerando il fatto che chi cerca la morte non ha grande lucidità.

«Crede proprio che si sia ammazzato?» chiese all'ispettore, e fissò la curva, il guard-rail divelto, il traliccio e la macchina sfondata. Il corpo dell'uomo era stato coperto con un telo chiaro: «finché non giunge il medico legale non si può toccare» aveva spiegato l'agente subalterno.

L'ex guardabarriere non si dava pace: suicidarsi così? Eppure non c'erano tracce di frenata, aveva ragione l'ispettore, che nel frattempo era riuscito a rintracciare i documenti del morto e oramai ne conosceva l'identità. «Ha già sentito questo nome?» chiese all'ex guardabarriere, e senza attendere risposta lo prese sottobraccio e lo pregò di accompagnarlo al posto di polizia, dove avrebbe dovuto mettere a verbale la sua testimonianza. Confabulò con l'autista dell'ambulanza, giunta da poco, gli diede rapide istruzioni, salì sulla sua vettura, pregò l'ex guardabarriere di accomodarsi al suo fianco, mentre l'agente subalterno prendeva posto alle loro spalle. All'ex guardabarriere il nome non era ignoto, anche se faticava a ricordarsi dove l'avesse sentito. «No, non lo conosco» rispose all'ispettore quando tornò alla carica, appena fuori dall'ultimo tornante. – Eppure il suo nome mi dice qualcosa – pensò dentro di sé.

L'ispettore lo misurò con una rapida occhiata: era un uomo anziano, di una settantina d'anni e forse più, dall'aspetto bonario. «È in pensione da molto?» gli chiese. «Da sei anni, da quando hanno soppresso le barriere.» L'ispettore chiamò via radio il posto di polizia, avvertì che l'avrebbero raggiunto a minuti per la deposizione. «Continua comunque a vivere nella casa attigua al casello?» chiese all'uomo al suo fianco. «Sì, appartiene sempre alle ferrovie, anche se non serve più, non ci sono più le barriere, pago l'affitto.»

«Ah, è così» interloquì l'ispettore, e aggiunse: «è la prima volta che capita un incidente mortale in quel posto?»

L'ex guardabarriere non rispose subito: da un po'

ci stava pensando, e in effetti non era la prima volta che il guard-rail veniva sfondato in quel punto, e un morto c'era già stato, poco prima che entrasse lui in servizio. Ma un morto, non un suicida. «Allora?» chiese l'ispettore.

L'ex guardabarriere lo scrutò con aria rassegnata. «Un morto c'è già stato» rispose «ma io non c'ero ancora, ero adibito a un altro casello. E poi fu una morte per disgrazia, non un suicidio.»

«Comunque il morto c'è già scappato» commentò l'agente subalterno, dietro.

L'ispettore non aggiunse nulla, respirò ed espulse alcune boccate di fumo dal sigaro che teneva pendulo tra le labbra, gettò un'occhiata perplessa al suo collega, pigiò sull'acceleratore.

Il muro scivolò velocissimo davanti agli occhi dell'ex guardabarriere, i quali, sul piano, ritrovarono lo spazio largo tra i campi, e gli oggetti riacquistarono la loro consistenza, non più deformata dalla breve distanza e dalla velocità.

Poco per volta anche quel nome uscì dalle nebulose della memoria, prese forma: quel corpo inerme, l'aveva visto già da vivo, ora si ricordava perfettamente dove e quando.

«Credo di averlo conosciuto» proferì all'ispettore varcando la soglia del posto di polizia.

L'ispettore si fermò, lo fissò. «L'avevo immaginato» sentenziò.

L'ex guardabarriere rimase interdetto.

«Aveva l'aria troppo stravolta» aggiunse il poliziotto senza attendere domande. «Si capiva che lo doveva conoscere.»

Fece strada all'ex guardabarriere e scomparve con lui sotto l'arcata del palazzo di giustizia.

28.

Al palazzo di giustizia lei giunse puntuale alle undici del giorno dopo. Conosceva perfettamente quell'ingresso sotto l'arcata affrescata un secolo prima e restaurata durante la guerra da un pittore polacco. Poteva entrarci a occhi chiusi, e anziché inoltrarsi sotto il portone centrale e dirigersi verso l'aula penale, svoltare a sinistra dopo la seconda colonna e raggiungere direttamente il posto di polizia. Ma il palazzo quel mattino sembrava trasformato, come lei, del resto, che non c'era mai entrata in quella veste insolita. Indugiò nell'atrio, tornò indecisa sui suoi passi, afferrò la borsetta che aveva dimenticato nella macchina, si rifece il trucco, rilesse il pezzo di cronaca sul giornale acquistato all'edicola della piazza: v'era la fotografia dell'incidente e il busto di lui, accanto. La conosceva bene quell'immagine, scattata insieme alla sua quando avevano rifatto il passaporto per il viaggio in Perù.

Ripiegò l'articolo, lo infilò nella borsetta, stavolta con aria apparentemente decisa si diresse verso l'ingresso dell'ufficio indicato sulla convocazione. Suonò, mostrò il telegramma all'agente in divisa che la fece passare senza altri preamboli. «Come va?» le chiese con indifferenza l'ispettore.

Lo conosceva di vista, e invano cercò di sentirlo meno estraneo, accomodandosi sulla sedia di fronte a lui. Rispose con diligenza a tutte le domande preliminari e anche a quelle successive, generiche. Soltanto quando lui circoscrisse l'interrogatorio, e sentì violata la sua esistenza, e più ancora quella di lui, si rifugiò in un angoscioso mutismo. «Provi a ripensarci» la incoraggiò con aria apparentemente bonaria l'ispettore, cercando di cogliere sul suo volto qualche segno d'incertezza. «Si ricorderà delle varie cose che le ha detto.»

Lei nascose il capo tra le mani e scoppiò a piangere.

Le portarono un caffè.

«Vede» riprese poco dopo l'ispettore, «a volte si pensa che ciò non possa accadere, o che possa accadere solo agli altri.»

«Non ci avrei mai creduto» balbettò lei «proprio, non ci avrei mai creduto.»

Si asciugò gli occhi, fissò l'uomo: liberato dal mantello di pelle sembrava meno imponente.

«Sta meglio?» le chiese l'ispettore sorseggiando a sua volta un caffè.

Lei chinò il capo di nuovo, poi tornò a fissarlo.

«Aveva l'aria disperata» bisbigliò.

L'ispettore si alzò, appoggiò la chicchera sul davanzale, chiamò l'agente subalterno.

«Ma che cosa le disse in quella telefonata?»

Lei scosse il capo, fissò il tavolo vuoto, il fondo macchiato qua e là.

«Quasi nulla.»

L'ispettore dominò la propria irritazione, camminò avanti e indietro per la stanza, si fermò davanti alla finestra, guardò verso il fiume.

«Era disperato» ribadì lei.

L'ispettore si girò, la fissò, annuì leggermente col capo.

«Mi dava sui nervi» lei proseguì «glielo dissi, e appesi il telefono. Da allora non l'ho più sentito.»

In fondo allo stanzone comparve l'agente in divisa.

Teneva una cartella tra le mani, fece un segno. L'ispettore lo raggiunse, sparì con lui nell'ufficio contiguo, tornò dopo qualche tempo, scusandosi. Di nuovo le si sedette di fronte, con l'aria perplessa, tamburellando con le dita sul tavolo. Dalla cartella estrasse la fotocopia di una lettera. «Era indirizzata a lei» affermò «ma non è mai stata spedita. È stata trovata tra le sue carte.» Gliela porse: «La legga pure.»

La donna lo guardò stravolta: «Lo devo fare qui?» chiese.

«Sì, la legga pure qui» ripeté l'ispettore «non c'è nulla che la possa inquietare.»

La donna afferrò la lettera, riconobbe la grafia nervosa, vide lo stanzone dilatarsi, restringersi, e di nuovo, davanti ai suoi occhi, la sagoma massiccia dell'uomo che la fissava impassibile, con aria perplessa.

«Legga almeno qui» la implorò l'ispettore, indicandole il punto.

Si alzò, e si diresse ancora verso il fondo dello stanzone. Quando fu sola, la donna posò gli occhi sulla lettera e si soffermò incredula sul punto indicatole dall'ispettore.

«... Anch'io ho ripreso la mia vita normale, si fa per dire, ma senza convinzione. Lavoro, viaggi, donne, sì, di nuovo altre donne. Forse più per dimenticare che per riprovare, poiché a più riprese ho pensato di farla finita: questa realtà senza più ideali non fa per me, e il vivere alla giornata, senza vere prospettive, mi disgusta. Ma alla fine è prevalsa l'idea che non sarebbe stato giusto, che non ne avevo il diritto, che occorreva rassegnarsi a resistere nella non speranza, poiché questa è la nostra condizione di uomini, anche se cerchiamo di eluderla in mille modi. Mancanza di coraggio, dunque? No, non mi sento un codardo, non è il semplice spirito di conservazione a guidare le mie scelte. Ho troppa amarezza addosso per spiegarlo, ma ritengo di dover continuare a vivere e persino a battermi anche se non so più per chi e per che cosa, poiché in questo mondo non mi riconosco più. Le cose potrebbero però cambiare, e ciò ci deve aiutare a resistere, a convivere con la disperazione...»

Alzò gli occhi e si ritrovò di fronte il corpo massiccio dell'ispettore. La fissava quasi sconsolato.

«Allora non s'è suicidato?» gli chiese con un filo di voce.

L'ispettore si alzò di nuovo, camminò per la stanza, tornò a guardare oltre la finestra, verso il fiume.

«Forse aveva ragione l'ex guardabarriere» rispose senza voltarsi.

Si avvicinò lentamente a lei, incrociò i suoi occhi arrossati, la vide tesa, stremata. Le posò bonariamente una mano sulla spalla. «Vada pure a casa» le disse.

Stampato da
La Grafica & Stampa editrice s.r.l., Vicenza
per conto di Marsilio Editori® in Venezia

EDIZIONE	ANNO
10 9 8 7 6 5 4 3 2 1	1996 1997 1998 1999 2000

FARFALLE

SILVIA ALBERTAZZI, *Scuola di scrittura*, pp. 240
PIER VITTORIO BUFFA, *Ufficialmente dispersi*, pp. 184
GIUSEPPE CALICETI, *Fonderia Italghisa*, pp. 272
GIORGIO CELLI, *Come le vespe d'autunno*, pp. 144
GAIA DE BEAUMONT, *Ghiaia*, pp. 272
GIANNI FARINETTI, *Un delitto fatto in casa*, pp. 432
GIOVANNA GIORDANO, *Trentaseimila giorni*, pp. 136
KENKA LEKOVIĆ, *La strage degli anatroccoli*, pp. 184
CLAUDIO LOLLI, *Nei sogni degli altri*, pp. 168
SHIMADA MASAHIKO, *Mi farò mummia*, pp. 128
ALESSANDRA MONTRUCCHIO, *Ondate di calore*, pp. 192
CLAUDIO NEMBRINI, *Fine dell'amore*, pp. 144
PIA PERA, *Diario di Lo*, pp. 364
GIOVANNA QUERCI FAVINI, *La pazza*, pp. 220
FREDIANO SESSI, *L'ultimo giorno*, pp. 184
HELEN SIMPSON, *Quattro gambe nude in un letto*, pp. 200
JUAN JOSE SUAREZ, *Cortamares*, pp. 268
YAMADA EIMI, *Bad Mama Jama*, pp. 140
GIULIANO ZINCONE, *Il miele delle foglie*, pp. 208